Ah Che Bello

AF281345

Paolo Botti, ist das italienische Pseudonym von Sven Bottling. 1977 in Deutschland geboren und aufgewachsen, verbrachte er in seiner Jugend auch wenige Wochen im Schweizer Kanton Graubünden. Er hat Familie in Deutschland, der Schweiz und in Amerika. Botti ist verheiratet und hat eine Tochter. In den Jahren 2014 – 2021 hatte er bereits bei mehreren Buchprojekten mitgewirkt. „Ah Che Bello" ist nach den bereits erschienenen Büchern „Vinceremo", „Io ci credo", „Speranza" und „Andrà Tutto Bene" sein mittlerweile fünfter Roman.

Was haben Luigi Schifferle und Don Mario gemeinsam? Und was Alfredo Rispano und Winnie W.? Vier Personen von denen zwei mehr Gemeinsamkeiten besitzen, als es den Anschein vermuten lässt.

Und auch sonst ist wieder jede Menge los am Gardasee und ganz besonders in der Residence Villa Rosa, wo sich mal wieder jede Menge skurrile Persönlichkeiten die Klinke in die Hand geben.

Commissario Stefano Botatzi versucht derweil den Attentäter von Luigi Schifferle zu finden und verzichtet dabei beinahe auf seine sichere Pension als Polizist.

Paolo Botti

Ah che bello

Lago di Garda

Einer geht noch, ein weiterer, bisschen von allem „Roman"

Bibliografische Information der Deutschen Nationalbibliothek:

Die Deutsche Nationalbibliothek verzeichnet diese
Publikation in der Deutschen Nationalbibliografie;
detaillierte bibliografische Daten sind im Internet über
http://dnb.d-nb.de abrufbar.

1.Auflage

Umschlaggestaltung: Home of Paolo Botti
Umschlagmotiv: Sven Bottling

Verlag:
BoD · Books on Demand GmbH, Überseering 33,
22297 Hamburg, bod@bod.de
Druck:
Libri Plureos GmbH, Friedensallee 273, 22763 Hamburg

ISBN: 978-3-8192-0687-0

per Mama

Mit Cuore, Speranza und Amore werden wir uns wiedersehen.

-Ingolf Keil-

1

Luigi Schifferle lag auf einer Pritsche in der Notaufnahme der Azienda Ospedaliera Universitaria Integrata Verona. Mehrere Ärzte und Krankenschwestern liefen hektisch durch die weißen sterilen Räume. Gerade erst hatten sie ihn zum wiederholten Male wiederbelebt.

Nach der Schussverletzung und dem offensichtlichen Anschlag auf Luigi Schifferle vor seiner Wohnung hatte sich Panik breitgemacht. Eine Vielzahl der Gäste waren unmittelbar nach den Schüssen geflüchtet. Botatzi hatte direkt die Ambulanza verständigt, die neben einem Krankenwagen auch den Rettungshubschrauber losgeschickt hatten. Beide kamen etwa zeitgleich in Tignale an, wobei der Hubschrauber Mühe hatte einen Landeplatz zu finden. Er ging etwas außerhalb, auf einem Parkplatz, runter.

Bereits auf dem Weg zum Krankenhaus hatte man Luigi zweimal wiederbelebt. Eine der Kugeln, die ihn traf, trat von vorne im Brustkorb ein und durchschlug seine Lunge. Dabei verfehlte sie nur knapp das Herz. Das Projektil trat am Rücken wieder aus und schlug in die dahinterliegende Wand ein. Eine Arterie, die ebenfalls getroffen wurde, sorgte dafür, dass Luigi innerhalb weniger Minuten sehr viel Blut verlor. Botatzi und di Gallo hatten direkt erste Hilfe geleistet und drückten Tücher auf die stark blutende Wunde.

Luigi war da bereits seit knapp zwei Minuten nicht mehr bei Bewusstsein, atmete aber noch selbstständig. Birgit stand abseits. Sie hatte das Ganze mit Schrecken beobachtet und war einer Ohnmacht nahe. Bis auf ganz wenige Gäste hatten alle den Tatort verlassen. Birgit hielt sich an einem der Tische fest. Ihre Knie zitterten. Eine ältere Frau griff sie unter den Armen und zog sie zur Seite. Birgit wehrte sich, doch die Frau zog sie unaufhaltsam weiter. Dann versagten die Beine von Birgit vollends und sie klappte endgültig zusammen.

Schemenhaft nahm sie jetzt ihr Umfeld wahr. Kaltes Wasser holte sie zurück. Die ältere Frau hatte ihr ein Glas Wasser ins Gesicht geschüttet und ihr mehrere leichte Schläge auf die Wange verpasst.
Aus den Augenwinkeln sah sie die herannahenden Sanitäter. Sie eilten direkt zum leblosen Körper von Luigi. Wieder verlor Birgit das Bewusstsein, wurde aber direkt von der älteren Frau zurückgeholt.
Luigi hatte man auf die Trage gehoben. Der Defibrillator ließ den Körper von Schifferle zucken. Der Notarzt kniete neben ihm.
Die Trage wurde aufgebockt und man schob Luigi vom Grundstück in den Rettungswagen. Aus der Ferne war der Rettungshubschrauber zu hören. Der Wagen fuhr mit Sirene davon.

Dann war es still. Botatzi und di Gallo standen erschöpft auf der Wiese, an dem vor wenigen Sekunden noch Schifferle lag.

Ein Sanitäter kam zu Birgit. Sie atmete ruhig. Starr blickte sie ins Leere. Zusammen mit der älteren Frau brachten sie sie ins Haus. Dort legte sie sich im Wohnzimmer auf das Sofa. Der Sanitäter gab ihr eine Spritze. Botatzi und di Gallo kamen ebenfalls ins Haus und standen im Türrahmen.

Kurz darauf verließ der Sanitäter die Wohnung. Zurück blieben Birgit und die ältere Frau. Botatzi und di Gallo, die beide blutverschmiert waren, standen ebenfalls noch im Wohnzimmer. Birgit schlief ein.

„Gehen sie ruhig Commissario!"

Die Frau hielt die Hand von Birgit.

„Ich bleibe hier."

Botatzi nickte nur und verließ den Raum.

„Finden Sie den Schweinekerl und erledigen Sie ihn!"

Di Gallo und Botatzi blieben in der Tür stehen und schauten nochmal zu Birgit und der älteren Frau. Dann verließen beide wortlos die Wohnung.

Knapp hundert Kilometer weiter, in der Uniklinik Verona, hatte man Luigi bereits in einen der Operationssäle geschoben.

In einer mehr als zwölfstündigen Operation hatten die Ärzte es geschafft, die Blutung vorerst zu stoppen, die beschädigte Arterie abzuklemmen und umzuleiten sowie den Lungenflügel durch ein Luftkissen zu stabi-

8

lisieren. Zwei Mal mussten sie ihn während der Operation wiederbeleben. Fast ein Dutzend Blutkonserven waren nötig gewesen, den Blutverlust auszugleichen.

Luigi Schifferle wurde nach der Operation in ein künstliches Koma versetzt und auf die Intensivstation verlegt. Die nächsten Stunden und Tage waren kritisch und noch war nicht sicher, ob Schifferle überleben würde.

Birgit wusste, dass es nicht gut um Luigi stand. Sie war in Tignale und lag mittlerweile in ihrem Bett. Die Beruhigungsspritze wirkte noch immer. Sie schlief. Die Nachbarin war noch immer bei ihr. Sie saß in einem Sessel und strickte an einem Paar Socken.

Vor der Klinik standen bereits Vertreter der hiesigen Presse und die Intensivstation wurde bis auf weiteres durch die Polizei bewacht. Botatzi hatte dies nach Rücksprache mit Dottoressa Luca und den Kollegen in Verona veranlasst.

2

Mehr als 700 Kilometer nördlich war die Stimmung ausgelassen und fröhlich. Silke Kochhan feierte zusammen mit ihrem Mann Uwe und einigen Freunden ihren Geburtstag in ihrem Garten in Buch. Am Mittelfinger der rechten Hand funkelte ein neuer Ring mit einem kleinen Stein. Immer wieder schaute sie ihn an. Ein Lächeln huschte jedes Mal über ihr Gesicht. Verliebt schaute sie zu Uwe.

Dieser stand am Grill. Würstchen und Steaks lagen darauf. Etwas Abseits in einer Feuerschale stand ein kleiner Dutch-Oven. In ihm schmorte Schichtfleisch.

Aus einer kleinen Anlage war Eros Ramazzotti zu hören. Die Stimmung war ausgelassen.

Auf einem Seitentisch standen Salate und allerlei anderer Köstlichkeiten.

Uwe klopfte mit einem Kochlöffel auf eine dünne Metallplatte. Schlagartig war alles still. Nur der Ramazzotti war noch leise zu hören.

„Bevor ihr euch alle auf die Salate und das Fleisch stürzt, welches fertig ist, möchte ich gerne noch etwas sagen."

Alle schauten ihn an. Silke lächelte.

„Mein Schatz, heute ist dein Geburtstag. Den ersten Teil deines Geschenkes hast du heute Morgen bereits bekommen."

Silke schaute auf ihren Ring und hielt die Hand hoch.

„Der ist einfach traumhaft schön. Du hast wie immer genau meinen Geschmack getroffen."

Uwe warf ihr einen Kuss zu.

„Der Ring ist aber nur ein kleiner Teil meines Geschenkes. Wir beide werden in Kürze mit dem Motorrad aufbrechen und zusammen Richtung Süden fahren."

Silke schaute ihn schelmisch an. Sie grinste und machte große Augen. Die anderen Gäste warteten gespannt.

„Ich dachte, wir zwei könnten mal wieder eine größere Tour machen und deshalb werden wir in einigen Wochen zum Gardasee aufbrechen."

Silke war für einen Augenblick sprachlos. Aber nur für einen ganz kurzen.

„Du bist verrückt!"

Der Rest applaudierte, während Silke ihrem Uwe einen dicken Kuss gab.

Wenig später saßen alle zusammen an den Tischen und ließen es sich schmecken. Silke schaute ständig in ihr Handy. Sie hatte im Internet bereits den Gardasee eingegeben und schaute sich ein paar Bilder an.

„Wo genau fahren wir dort denn hin?"

„Ich habe ein schönes kleines Hotel gebucht in Torbole. Das liegt im Norden des Sees."

Silke kaute und schluckte runter.

„Torbole, wie schön. Da habe ich eben schon ein paar Bilder gesehen. Ich freue mich riesig. Wann geht es los, Schatz?"

Der Platz neben Silke war frei. Uwe war aufgestanden und stand am Grill. Er verteilte gerade eine weitere Runde Fleisch und hatte die letzte Frage seiner Frau nicht gehört.

„Was sagtest du Schatz?"

Uwe hatte wieder neben seiner Frau Platz genommen.

„Ich hatte gefragt, wann es los geht?"

„Gebucht ist für Sommer. Ich habe auch schon alles mit deiner Arbeitsstelle geklärt. Dein Urlaub ist genehmigt."

Silke schaute ihn mit großen Augen an und nickte freudig.

„Ich freu mich Schatz!"

Sie hielt Uwe ihr leeres Glas hin.

„Machst du mir noch einen Aperol Spritz?"

Uwe aß auf und ging dann in die Wohnung. Minuten später kam er mit einem vollen Glas zurück.

„Unser Hotel ist das Piccolo Mondo. Ein schönes Hotel mitten in Torbole."

Silke nahm das Glas und trank einen großen Schluck. Sie verdrehte die Augen.

„Du machst einfach den besten Aperol Spritz, mein Schatz. Weißt du das?"

Sie nahm einen weiteren Schluck.

„Ich weiß mein Schatz. Meiner ist der Beste."

Uwe nahm seine Flasche alkoholfreies Radler und prostete ihr zu.

Gut zwei Stunden später und weiterer drei Aperol Spritz ging es Silke bestens. Lauthals grölte sie die Lieder von Ramazzotti, Celentano, Nannini und Cutugno mit, die seit einer Stunde aus dem kleinen Lautsprecher kamen.
Uwe saß etwas abseits und schaute vergnügt zu seiner Frau. Er unterhielt sich immer wieder angeregt mit seinem Nachbarn. Uschi, eine Freundin von Silke, tanzte und versuchte ebenfalls mitzusingen. Jedoch gelang ihr das nicht sonderlich gut. Daher summte sie meist nur. Auch sie hatte bereits den dritten Aperol Spritz. Allerdings war sie darin nicht sonderlich geübt. Uschi hatte sichtlich Probleme mit dem Gleichgewicht.
„Ui-jui-jui! Das dreht sich aber ganz schön schnell jetzt! Und… Süße, du bist ja plötzlich zweimal da. Seit wann hast du denn eine Schwester?"
Uschi lallte sichtlich und musste immer wieder kichern.
Silke hörte abrupt auf zu singen. Verwundert schaute sie zu ihrer Freundin.
„Uschi. Liebes. Ich habe doch gar keine Schwester."
„Doch! Doch! Sie steht direkt neben dir."
Silke schaute zu Uwe. Der hatte bereits mitbekommen, dass der letzte Spritz von Uschi nicht mehr gut gewesen war.

„Ich bringe dich nach Hause."

Uwe stand bereits neben Silke und Uschi.

Diese saß jetzt zusammengesackt auf einem Stuhl und nahm noch einen letzten Schluck von ihrem Spritz.

„Der ist echt, echt gut, dieser Spritz! Ein feines Stöffchen! Ich glaube daran könnte ich mich gewöhnen."

Uschi lallte und war kaum noch zu verstehen. Uwe und Silke schauten sich an. Beide mussten grinsen.

„Uwe bringt dich nach Hause, gell Uschi."

Silke umarmte ihre Freundin und half ihr auf. Uwe stützte sie und beide gingen langsam zum Auto. Wenig später verließ er zusammen mit ihr das Grundstück. Silke ging zurück zu dem kleinen Lautsprecher und drehte die Musik wieder auf. Dann nahm sie einen Schluck von ihrem Spritz und grölte wieder lauthals im Rhythmus der Musik.

3

Birgit hatte die letzten Stunden nur mit starken Medikamenten ertragen. Immer wieder war sie im Garten gewesen. Meist mehr in Trance und unter Tränen. Auf der Wiese, sowie den Gehplatten waren immer noch Blutspuren zu sehen.

Luigi hatte viel Blut verloren. Nur mit Mühe war es den Anwesenden gelungen, die Blutungen zu verlangsamen, bis der Notarzt eintraf. Da war Luigi bereits nicht mehr bei Bewusstsein gewesen. Botatzi hatte ihn dort schon reanimiert. Birgit musste all das mit ansehen.

Der Notarzt entschied sich für einen Transport mit dem Rettungshubschrauber. Schifferle hätte nach der ersten Untersuchung einen normalen Transport nicht bis zum Krankenhaus überlebt.

Ein Taxi hielt vor der Wohnung. Der Motor lief. Der Fahrer trommelte auf seinem Lenkrad. Im Radio lief Guiseppe Verdi, der Gefangenenchor. Etwas unruhig schaute der Fahrer abwechselnd zur Tür und auf die Uhr in der Mittelkonsole. Er hupte!

Nichts rührte sich. Wieder betätigte er die Hupe, gleich mehrmals.

Birgit kam langsam hinaus. Mit gesenktem Kopf ging sie zum Wagen und setzte sich wortlos auf die Rückbank. Noch immer lief Verdi im Radio.

„Verona, Uni-Klinik."

Der Fahrer nickte und fuhr rasant an. Die Reifen quietschten. Birgit wurde für einen kurzen Moment in den Sitz gepresst.

Knapp neunzig Minuten später hielt das Taxi vor der Klinik. Birgit gab dem Fahrer einen hundert Euro Schein und stieg aus. Dann verschwand sie sogleich im Inneren.

Schnell ging sie den Gang entlang zum Lift. Sie stieg ein und fuhr in die dritte Etage. Dort war die Intensivstation.

Der Gang war in kalt-weiß gestrichen. Viele der Zimmer hatten Schiebetüren. In der Mitte des Ganges gab es wie in jeder Station ein Schwesternzimmer. Zu diesem ging sie langsam. Unsicher und ängstlich schaute sie sich bei jedem Schritt um. Jeder ihrer Schritte hallte und Birgit versuchte leise aufzutreten.

Vor dem Schwesternzimmer blieb sie stehen. Es war leer. Leise lief ein altes Radio in der Ecke. Gianna Nanninis „Il maschi" war zu hören.

„Prego, Signora."

Birgit zuckte zusammen. Sie drehte sich um. Vor ihr stand eine kleine leicht untersetzte Krankenschwester. Auf ihrem Schild stand Maria. Sie lächelte Birgit an.

„Scusa. Ich… Ich möchte zu Luigi Schifferle."

Die Schwester musterte sie.

„Sono parenti del Signore Schifferle?"

"Scusa. Mein Italienisch ist leider noch nicht so gut."

16

„Sind Sie… Wie sagt man… ähm gewandt mit Herr Schifferle?"

„Verwandt."

Birgit verbesserte die Krankenschwester. Schwester Maria schaute sie mit großen Augen an.

„Scusa. No. Ich bin noch nicht mit ihm verwandt. Wir waren… Wir sind…"

Birgit kamen die Tränen.

„Es dürfen leider nur Verwandte ersten Grades auf die Station."

Schwester Maria schaute Birgit an. Sie weinte. Die Krankenschwester verschwand im Schwesternzimmer und kam kurz darauf mit einem Glas Wasser wieder raus. Zusammen setzten sie sich auf die Stühle, die unweit standen. Birgit nahm einen Schluck. Ihre Hände zitterten. Langsam beruhigte sie sich etwas.

„Also gut, Signora. Ich darf es eigentlich nicht. Aber… Es ist gerade ruhig. Aber nur fünf Minuten. Kommen Sie! Sie müssen sich sterile Bekleidung überziehen."

Birgit lächelte für einen kurzen Augenblick. Dann ging sie mit der Schwester in einen kleinen Nebenraum, wo sie sich umzog.

Als beide wieder aus dem Raum kamen, war es hektisch auf dem Flur. Mehrere Personen in blaugrüner Intensivkleidung liefen über den Gang. Oberhalb eines der Zimmer blinkte eine rote Lampe. Zwei Ärzte kamen aus dem Treppenhaus gestürmt und verschwanden in dem Zimmer. Kurz darauf kamen weitere Ärzte hinzu. Die Tür stand einen Spaltweit offen. Birgit konnte hineinschauen. Ärzte und Pflegepersonal standen um das Bett herum. Birgit konnte ein Summen hören. Dann Piepsen gefolgt von einem dumpfen Geräusch. Einige der Personen traten zur Seite. Birgit hatte jetzt freien Blick auf das Intensivbett. In diesem lag... Luigi!

Sie erschrak. Ihre Beine wurden weich und sie hatte Probleme, sich auf ihrem Stuhl zu halten. Das Wasserglas glitt ihr aus der Hand. Es fiel zu Boden und zersplitterte mit einem lauten Knall.

Schwester Maria konnte sie gerade noch so stützen. Birgit blickte wieder in das Zimmer. Die Tür stand noch immer offen. Auf den vielen Monitoren waren gerade sehr viele horizontale Striche. Ärzte und Pflegepersonal versuchten hektisch das eintönige Piepsen wieder in ein sonores Ping zu bekommen. Mehrmals hob sich der Brustkorb von Luigi ruckartig, als der Defibrillator versuchte mit gezielten Stromstößen sein Herz wieder zum Schlagen zu bekommen.

Endlos lange Sekunden vergingen, dann war wieder dieses Ping zu hören und die Monitore zeigten wieder seismographische Bewegungen. Luigi war wieder da. Sein Herz schlug wieder.

Die Tür wurde geschlossen. Birgit und Maria saßen steif auf ihren Stühlen und schauten sich entsetzt an. Tränen liefen über Birgits Wangen. Schwester Maria stand auf und ging ins Schwesternzimmer. Kurz darauf stand eine junge Ärztin bei Birgit und fühlte ihren Puls.

„Ich gebe Ihnen eine Beruhigungsspritze und dann wird man Sie für eine Nacht hier zur Beobachtung behalten."

Birgit wollte abwinken, war aber zu schwach dazu.

4

Einige Wochen waren seit den jüngsten Vorfällen in der Residence Villa Rosa vergangen. Der Tote Deutsche und auch die Sache mit den Chinesen in der entfernten Nachbarschaft in der Residence Doria waren schon fast wieder vergessen. Niemand sprach mehr darüber und auch die Gäste fragten Paolo diesbezüglich nur sehr selten.

Das war ihm auch mehr als recht. Zu oft war die Villa Rosa in den letzten Monaten in den Schlagzeilen gewesen. Und es waren oft nicht unbedingt positive. Paolo liebte es ja medial immer dabei zu sein, aber das, was in den letzten Monaten immer wieder geschehen war, hatte nichts mit dem zu tun, was er gerne über das Internet preisgeben wollte.

Paolo war eigentlich immer positiv. Seine Beiträge im Internet immer positiv. Jedoch seit den Toten in der Residence Villa Rosa wurde es nicht ruhig. Erst dieser Waldemar Meier und dann der Deutsche und seine Schwiegermutter.

Viele Gäste hatten in den letzten Wochen mal wieder storniert. Einige wegen des Wetters. Es hatte des Öfteren geregnet und das war in den Augen einiger Gäste ein Grund, den Urlaub zwei Tage vor Beginn einfach mal zu stornieren. Dann waren da noch die Gäste, die stornierten, weil die Todesrate höher war als bei Aktenzeichen XY. Sie fühlten sich nicht sicher und würden erst wieder kommen, wenn die Villa Rosa einen Sicherheitsdienst einstellen würde.

Paolo stand hinter der Theke des Kyosk One. Vor ihm stand ein Schnapsglas. Es war beschlagen. Rechts daneben stand die Flasche Jägermeister. Das Getränk stand nicht auf der Karte. Die Flasche auch nur heimlich auf dem Tresen. Schließlich sollte niemand mitbekommen, dass er sich mal ein Gläschen gönnte.

„Merda. Wieder Stornierungen wegen der Sicherheit und dem Wetter! Hier war es immer sicher, meistens" Er nahm einen Schluck, griff nach der Flasche und stellte sie in die untere Schublade der Kühlung hinter die Limonadenflaschen. Gerade noch rechtzeitig. Rosa und Valeria kamen den Pool entlang.

„Paolo, subito! Gino è caduto!"

Rosa war aufgeregt. Paolo kam hinter dem Tresen vor und lief auf die beiden Frauen zu. Ein Krankenwagen bog auf das Gelände. Nur mit Blaulicht, fuhr er um das Gebäude herum und blieb am oberen Eingang stehen. Paolo stand kurz darauf etwas außer Atem vor dem Fahrzeug. Die Sanitäter hatten bereits das Fahrzeug verlassen und liefen ins Gebäude. Paolo lief hinterher. Gino lag im Wohnzimmer auf dem Boden. Schmerzverzerrt versuchte er immer wieder hochzukommen. Die Sanitäter beruhigten ihn. Der Notarzt war nun ebenfalls da. Minuten später hatten sie Gino vorsichtig auf eine Trage gehoben und ihn kurz darauf im Krankenwagen fixiert.

„Signore Bertamè, Verdacht auf eine Beckenfraktur. Wir nehmen ihn mit, um weitere Untersuchungen zu machen."

„Si Dottore. Grazie. Wo bringen Sie ihn hin?"

„Verona, Uniklinik."

„Si si, grazie."

Dann waren sie auch wieder weg. Zusammen mit Gino und Rosa, die im Krankenwagen mitfuhr.

Paolo ging wieder nach draußen. Gerade parkte ein Kleinwagen auf einem der vorderen Plätze. Drei Personen stiegen aus. Paolo ging nach vorne. Als er näher kam, erkannte er Mandy, Mandy Böll. Für einen kurzen Augenblick verdrehte er die Augen. Vor seinem inneren Auge hatte er direkt wieder die Bilder hinter dem Kyosk One. Er musste unweigerlich auch schmunzeln.

„Ciao, Mandy. Schön, dich wieder hier zu haben."

Paolo begrüßte sie. Dann blickte er die beiden anderen an.

„Kevin-Enrico…?"

„Nein, das ist Hasan Tügülci. Kevin-Enrico ist… Er ist… Das ist mein neuer Freund!"

„Ah, si, ich verstehe."

„Servus Bro, geile Location hier. Hast du auch einen Gebetsraum?"

Paolo blickte den Mann etwas entsetzt an. Er war sprachlos. Hasan schien das zu merken. Er grinste und zuckte mit den Händen.

„Grazie. Aber wir haben keinen Gebetsraum. Warum willst du das wissen?"

„Das ist so ein religiöses Ding Bro. Wenn du verstehst, was ich meine."

Paolo verstand nicht so recht. Auch war er etwas irritiert mit der Wortwahl des Mannes. Bro hatte ihn bisher noch keiner seiner Gäste genannt.

Dann schaute Paolo fragend die dritte Person an.

„Das ist meine Mutter, Jaqueline Böll-Pütz."

„Sie ist nicht angemeldet! Du hast nur eine Wohnung für zwei Personen reserviert. Erinnere mich, wenn ich falsch liege."

Mandy schaute etwas nervös zu Boden.

„Ich habe vergessen, Bescheid zu geben. Es war eine spontane Entscheidung."

Paolo nickte und begrüßte auch sie. Dann hielt er fordernd die Hand hin.

„Die Ausweise bitte. Ich schau, was ich kann tun. Es sollte moglich sein. Aber bitte, bitte wenn ihr kommt nochmal, vorher Bescheid sagen."

Alle drei nickten.

„Ihr könnt rüber zum Kyosk One gehen. Ich bringe euch die Schlüssel gleich."

Mandy, Jaqueline und Hasan gingen hinüber und nahmen Platz. Barbara kam an den Tisch und begrüßte sie.

„Kann ich euch was zu trinken bringen? Ein Bier oder einen Wein? Oder vielleicht einen Kaffee oder Cappuccino? Wasser, Limo, Cola?"

Hasan blickte sie entsetzt an. Er wollte was sagen, bekam aber von Mandy einen Tritt.

„Hasan nimmt ein Wasser mit Gas, ich hätte gerne eine Cola. Und du Mama?"

Jaqueline überlegte kurz.

„Machst du mir eine kalte Muschi bitte."

Barbara entglitten alle Gesichtszüge.

„Nu, du kennst keine kalte Muschi? Bei uns im Osten war das damals Kult! Rotwein mit Cola gemischt. Es gab ja nicht so viel bei uns. Einfacher Rotwein mit einer Club-Cola. Das war Luxus damals bei uns."

Barbaras Gesichtszüge entspannten sich wieder etwas. Sogar ein kurzes Lächeln kam über ihre Lippen. Sie nickte und verschwand hinter der Theke. Kurz darauf brachte sie die Getränke. Die drei saßen wortlos am Tisch.

„Salute. Lasst euch schmecken."

Barbara verschwand wieder.

„Ich hatte beim letzten Aufenthalt schon keinen leichten Stand hier."

Mandy schaute beide mit ernstem Blick an. Jaqueline verdrehte die Augen.

„Nein Mutter. Es wäre schön, wenn wir uns alle wie ganz normale Leute verhalten könnten. Unauffällig und normal. Und du Hasan, bitte lass den Bro weg im Satz. Das ist hier nicht die Klientel dafür. Wir sind hier nicht im Frankfurter Bahnhofsviertel. Und du Mutter, lass bitte deine Osterinnerungen an früher.

Hier will keiner etwas von Erich und deiner guten alten Zeit wissen."

Damit war alles gesagt. Mandy nahm einen Schluck von ihrer Cola.

„Die kalte Muschi schmeckt widerlich. Falscher Wein und falsche Cola!"

Mandy schaute ihre Mutter böse an. Hasan nippte an seinem Wasser.

„Komisches Wasser. Irgendwie schmeckt es nach nichts!"

Mandy kochte innerlich. Auf was habe ich mich hier bloß eingelassen? Ich hätte es wissen müssen. Na hoffentlich wird es nicht so eine Katastrophe wie beim letzten Aufenthalt hier.

Paolo kam zurück mit den Ausweisen und dem Schlüssel. Er gab sie ihnen und erklärte kurz die Anlage. Da Mandy aber schon einmal hier war, konnte er seine Einweisung kurz und knapp halten. Die drei tranken aus und gingen kurz darauf zur Wohnung.

Der kleine Raum im hinteren Teil des Gdanska in Oberhausen war gut gefüllt. Draußen schüttete es in Strömen. Davon bekamen die Gäste aber nichts mit. Alle standen dichtgedrängt und blickten zur kleinen Bühne auf der Norman Keil eines seiner Kolossal-Tour Konzerte gab. Mit einer kleinen Verspätung war er vor knapp einer halben Stunde gestartet.

„Freunde, was ist das heiß hier oben auf der Bühne."

Er wischte sich mit einem kleinen Tuch über das Gesicht.

„Was hier fehlt ist eine Nebelmaschine! Wartet einen Moment, ich habe eine hinter der Bühne."

Norman stellte seine Gitarre auf den Ständer und verschwand hinter der Bühne. Sekunden später kam er wieder nach vorne. In seiner Hand hielt er eine kleine Vape. Die Anwesenden fingen leise an zu lachen. Norman nahm einen Zug und pustete es in den Raum. Die Menge lachte jetzt laut.

„Wir sollten ein Konzert machen und ihr alle nehmt so eine E-Zigarette. Was haltet ihr davon?"

Norman legte sie ab und griff wieder nach einer von seinen Gitarren. Er stimmte sein Lied „Die Liste" an.

Ein paar Lieder später war Pause. Der Raum hatte sich aufgeheizt. Viele der Besucher flüchteten für ein paar Minuten nach draußen. Auch Norman ging für einen Augenblick vor das Gdanska.

Die Luft war feucht und kühl. Es nieselte noch leicht. Viele der Besucher kannten sich. Man traf sich schon seit Jahren auf den Konzerten von Norman. Auch Claudia war da. Sie war allerdings im Saal geblieben. So wie auch einige andere. Man unterhielt sich angeregt.

Mit ein wenig Verspätung ging es weiter.

„Freunde. Es ist immer noch so unglaublich heiß hier oben. Barkeeper, könnte ich bitte noch ein Glas Weißwein haben, einen trockenen?"

Dann nahm er seine schwarze Gitarre. Der junge Mann von der Bar brachte ihm den Wein. Norman nahm das Glas entgegen und nahm einen großen Schluck.

„Ahhhhh. Kühlung von Innen."

Norman stellte das Glas beiseite. Er nahm seine Vape und sorgte wieder für etwas Nebel.

„Mein Papa hatte ein Gedicht geschrieben vom Gardasee und von einem Paolo und fragte mich, kannst du nicht ein Lied daraus machen. Das Lied heißt Ah Che Bello – Lago di Garda. Einige von euch waren ja schon des Öfteren am Gardasee. Für die singe ich jetzt dieses Lied."

Norman stimmte an und beim Refrain sang der ganze Saal mit. Nach dem Lied wurde es noch einmal ruhig.

„Freunde. Es ist immer noch unheimlich warm hier oben."

Mittlerweile war es ein „Running Gag" und der kleine Saal lachte.

„Ich habe vor, dieses Lied mit ganz viel Leben zu füllen. Ah Che Bello wird ein Musikvideo bekommen. Ich habe bereits die ersten Bilder im Kasten und schon bald möchte ich dorthin, wo das Lied seinen Anfang hat!"

Claudia sprang auf und jubelte. Sie klatschte und der ganze Saal stimmte mit ein.

6

Luigi Schifferle lag erneut auf dem Tisch des Operationssaals 3. Um ihn herum standen mehrere Ärzte und OP-Schwestern. Gerade erst hatten sie ihn zum wiederholten Male wiederbeleben müssen. Das wurde leider zur Gewohnheit. Die nötige Operation zog sich dadurch immer weiter in die Länge.

Luigi lag seitlich. Man hatte ihm einen Katheter oberhalb des Schlüsselbeins gelegt.

Die Ärzte hatten seitlich den Oberkörper von Luigi geöffnet. Bei einer weiteren Untersuchung hatte man festgestellt, dass sich Blut angesammelt hatte. Das angesammelte Blut drückte auf die Lunge und war bereits in den Bauchraum geflossen. Es wurde gerade abgesaugt. Dabei versagte der Kreislauf von Luigi und es kam wie bereits erwähnt zu einem wiederholten Herzstillstand.

Die Ärzte schoben den Katheter weiter hinein. Blut und Wundwasser färbte den Schlauch ein und floss in einen Beutel. Dieser füllte sich schnell. Eine Schwester stand bereits mit einem weiteren Beutel bereit.

Commissario Botatzi parkte gerade seinen Wagen auf dem großen Parkplatz der Universitätsklinik. Er war in den letzten Wochen häufig in der Klinik gewesen und hatte sich nach Luigi erkundigt.

Den Täter hatte man noch nicht gefasst. Auch hatte man momentan keine wirklich brauchbaren Spuren, denen man nachgehen konnte. Die Geschosse, die man fand, waren keine besonderen. Es waren 5,56 mm, wie sie häufig noch bei Jägern im Einsatz waren oder aber wie sie immer noch bei verschiedenen Militärs genutzt wurden.

Die Ermittlungen hatten sich diesbezüglich festgefahren. Dottoressa Luca war kurz davor die Ermittlungen einzustellen. Sehr zum Missfallen von Botatzi. Di Gallo hatte momentan Urlaub und war seit ein paar Tagen campen in Bayern.

Der Commissario betrat die Klinik und ging ohne Umwege auf die Intensivabteilung.

Die Ärzte hatten Schifferle stabilisiert. Das Blut um die Lunge und auch im Bauchraum hatte man vollständig abgesaugt und auch die beschädigte Aorta gefunden, die für die Blutung verantwortlich war. Sie wurde mit einem Stent versehen.

Der Assistenzarzt war bereits dabei zu nähen. Der Chefarzt hatte den Operationssaal verlassen.

„Ich bin fertig. Lassen Sie ihn direkt wieder auf die Intensivstation bringen. Wollen wir mal hoffen, dass es diesmal zu keinen weiteren Komplikationen mehr kommt."

Der Assistenzarzt verließ jetzt ebenfalls den Operationssaal.

Jetzt waren nur noch zwei Schwestern, sowie der Anästhesist anwesend. Zwei Pfleger betraten den Saal. Sie schoben eine Barre neben den Tisch. Gemeinsam hoben sie Schifferle vom Tisch auf die Barre. Eine der Schwestern deckte ihn zu, während der Anästhesist die Infusionsbeutel befestigte und das mobile Beatmungsgerät, sowie das kleine Kontrollgerät am Fußende abstellte.

Dann schoben ihn die zwei Pfleger hinaus. Stille im Operationssaal. Die Schwestern fingen an, alles zu reinigen und desinfizieren.

Luigi wurde unterdessen wieder auf die Intensivstation gefahren.

Botatzi betrat den langen Flur der Intensivstation. Auf einem Stuhl saß eine Frau. Der Commissario erkannte sie direkt. Es war Birgit. Sie saß dort zusammengesunken und blickte auf den Boden.

Als sie Botatzi bemerkte, erhob sich Birgit langsam und ging auf ihn zu.

„Ciao. Er ist mal wieder im OP. Sie haben ihn gerade operiert."

Beide begrüßten sich. Botatzi nahm Birgit in den Arm.

„Schon wieder. Das muss doch irgendwann mal aufhören. Sie haben ihn doch jetzt bestimmt schon einmal komplett auf links gedreht hier im Krankenhaus."

Birgit zuckte nur müde mit den Schultern. Sie schaute ihn an. Botatzi hatte einen Drei-Tage-Bart und Augenringe.

„Du sahst aber auch schon besser aus!"

„Findest du?"

Botatzi grinste gequält.

„Aber ja, du hast Recht. Die Sache mit Luigi nimmt mich echt mit. Wir haben keine Spur. Seit Wochen nicht! Es ist einfach wie verhext. Die ganze Gegend haben wir absuchen lassen. Selbst die Flugbahn der Kugel haben wir rekonstruiert und dennoch keine Anhaltspunkte gefunden."

Birgit schaute ihn traurig an. Tränen liefen ihr die Wange hinunter. Botatzi nahm sie wieder in den Arm.

Die Tür des Aufzuges öffnete sich mit einem leisen Bing. Ein Bett, sowie zwei Pfleger erschienen im Inneren. Sie schoben das Bett, das offensichtlich belegt war, aus dem Aufzug.

Birgit und Botatzi schauten hinüber. Sie löste sich von ihm und ging auf das Bett zu.

Wieder rannen Tränen ihre Wangen hinunter. Botatzi stand hinter ihr und schaute starr auf das Bett. Luigi lag eingehüllt und verkabelt seitlich auf dem Bett. Er atmete langsam, wurde aber durch ein mobiles Beatmungsgerät unterstützt.

„Prego, Signora. Wir müssen ihn auf die Station bringen."

Einer der Pfleger schob Birgit behutsam zur Seite. Das Bett mit Luigi verschwand daraufhin in einem der Intensivzimmer.

Botatzi schaute auf die Tür. Auch er hatte Tränen in den Augen.

„Er wird es schaffen. Luigi ist ein Kämpfer.... Und ich werde diesen Mistkerl finden, der ihm das hier angetan hat!

Botatzi ging ohne ein weiteres Wort und ließ Birgit allein im Flur der Intensivstation zurück.

7

Die Koffer waren längst gepackt und bereits auf dem Weg nach Bella Italia. Da Silke und Uwe mit dem Motorrad die Strecke zurücklegten, konnten sie nicht das ganze Gepäck für den kompletten Aufenthalt auf dem Sozius unterbringen. Daher hatten sich beide entschieden, ihre Koffer vorauszuschicken. Diese waren bereits seit wenigen Tagen unterwegs und sollten, wenn alles gut gehen würde, einen Tag vor ihrer Ankunft im Hotel in Tobole ankommen.

Die beiden Katzen und auch die Blumen waren versorgt. Silkes Mutter würde wie schon des Öfteren nach allem schauen.

Am nächsten Morgen war Abfahrt. Uwe hatte alles genau geplant. Sie wollten beide bis Österreich fahren und dort dann einen Zwischenstopp einlegen. Die Pension lag in Obsteig. Also gute 550 Kilometer entfernt. Mit dem Auto wäre Uwe durchgefahren. Aber mit dem Motorrad war das einfach zu anstrengend.

„Hast du die Buchungsbestätigungen eingepackt?"

Uwe schaute sie an und nickte.

„Alles in der Tasche auf der Maschine."

Silke hob anerkennend die Daumen und ging ins Wohnzimmer. Die beiden Kater lagen auf dem Sofa. Sie setzte sich zu ihnen und streichelte sie.

„Ob sie merken, dass wir morgen wegfahren?"

„Ich denke schon. Katzen haben doch ein Gespür dafür."

Silke schaute beide etwas wehmütig an, während sie sie weiterhin unaufhörlich streichelte.

„Ich geh schlafen. Morgen wird sicher ein anstrengender Tag."

„Ich komme mit."

Silke ließ von den beiden Katzen ab und folgte Uwe.

Minuten später war nur noch ein Schnarchen zu hören.

Draußen war es noch dunkel. Aus dem Badezimmer war das Plätschern der Dusche zu vernehmen. Uwe summte Azzuro.

Er konnte seit vier Uhr nicht mehr schlafen. Anfangs hatte er noch versucht, doch noch ein wenig zu schlafen, merkte aber schnell, dass es nicht mehr ging. Also stand er auf und ging ins Bad. Silke bekam davon nichts mit. Sie schlief tief und fest.

Zwei Stunden später standen beide fertig und im Motorraddress vor der Wohnung. Der Motor der Maschine lief bereits.

Uwe setzte sich auf die Maschine. Silke hatte die Tür abgeschlossen und schrieb gerade ihrer Mutter, dass es losging. Sie war aufgeregt. Dann stieg sie ebenfalls auf die Maschine. Sekunden später lenkte Uwe das Motorrad vom Grundstück und startete durch.

Ohne große Problem erreichten beide nach knapp sieben Stunden Obsteig. Etwas steif und müde stiegen sie von der Maschine ab.

Kurz zuvor hatten sie die Info des Hotels in Torbole bekommen, dass ihre Koffer angeliefert worden waren.

Nach dem Einchecken in ihrer Pension in Obsteig ging es noch kurz zu Wurscht und Durscht.

Einmal Tiroler Currywurst und eine Limo. Beide waren aber so müde, dass sie kurz darauf auch schon ins Bett gingen. Draußen setzte leichter Nieselregen ein. Davon bekamen Silke und Uwe jedoch nichts mehr mit. Auch von dem anschließenden Gewitter hörten sie nichts.

Die Straße war noch feucht, als beide am nächsten Morgen vor der Wohnung standen und die wenigen Sachen auf dem Motorrad verstauten.

„Hat es geregnet?"

Silke schaute ungläubig gen Himmel, der strahlend blau war.

Uwe zuckte mit den Schultern und kontrollierte die Reifen seiner Maschine.

Dann stiegen beide auf und Uwe startete die Kawasaki. Ohne großen Verkehr erreichten die beiden etwa drei Stunden später Torbole.

Vor dem Hotel Piccolo Mondo stellte er das Motorrad ab und beide stiegen ab.

Silke atmete hörbar tief ein.

„Traumhaft! Diese Luft! Und das Wetter! Und natürlich mit dir hier zu sein!"

Sie schaute zu Uwe und warf ihm einen Kuss zu. Dieser erwiderte und ging hinein. Silke folgte ihm.

Minuten später jedoch war es mit der Bella Italia Stimmung vorbei.

Mit großen Augen stand Uwe an der Rezeption. Gerade hatte man ihm mitgeteilt, dass die Rechnung für das Zimmer durch den Reiseanbieter noch nicht beglichen war. Man wollte von ihm die komplette Summe, plus 30 Prozent Aufschlag nochmals haben.

„Aber hier sehen Sie doch. Die Zahlung wurde bereits vor Wochen beglichen."

„Signore Kochhan. Das mag gut sein, aber die Summe ist nie bei uns eingegangen. Ihr Anbieter ist insolvent!"

Silke stand sprachlos neben Uwe. Sie hatte bereits auf diversen Seiten gegoogelt. Immer wieder wurde ihr die Insolvenz angezeigt.

„Uwe, sie hat Recht. Der Reiseanbieter ist pleite!"

Silke zeigte ihrem Mann die Berichte. Uwe schüttelte den Kopf.

„Aber ich zahle doch jetzt nicht nochmals. Ich habe bereits vor Wochen die Summe beglichen. Seit wann wissen Sie, dass sie die Zahlung nicht bekommen haben?"

Die Dame am Empfang tippte etwas in ihren Computer.

„Die Zahlung ist bis heute nicht eingetroffen. Wir haben letzte Woche die Info bekommen, dass da auch nichts mehr kommen wird."

Silke stieß ihren Mann zur Seite.

„Und da haben Sie die Frechheit und lassen uns anreisen? Warum haben Sie uns nicht informiert?"

Die Frau an der Rezeption schaute zu Boden. Ihr war die Situation langsam unangenehm. Mehrere Gäste standen bereits um die beiden herum und hörten interessiert zu.

„Hören Sie, wir zahlen keinen Cent extra. Komm Uwe, wir gehen. Hier bleiben wir nicht eine Minute länger."

„Aber Signora, so verstehen Sie doch! Sie haben gebucht und für uns leider noch nicht bezahlt. Also müssen Sie Ihren Aufenthalt bezahlen, wenn Sie hier Urlaub machen wollen."

Uwe versuchte seine Frau zu beruhigen. Silke war aber bereits außer sich und dachte gar nicht daran sich zu beruhigen. Ganz im Gegenteil!

„Komm Uwe, wir fahren und suchen uns eine seriöse Bleibe am Gardasee."

Damit war alles gesagt und Silke zog ihren Uwe aus dem Hotel hinaus.

8

Sechzig Kilometer weiter südlich war es wesentlich entspannter. In der Villa Rosa sprang gerade der erste in den Pool. Knapp ein Dutzend der Liegen waren bereits belegt. Valeria und Yvonne standen hinter dem Tresen des Kyosk One. Barbara war gerade mit ihrer Vespa auf das Gelände gefahren und parkte diese in einer der vorderen Garagen.

Paolo war mal wieder mit seinem Fahrrad unterwegs. Oberhalb von Pai quälte er sich den Berg hinauf. Die Sonne brannte und es war heiß. Einen Elektromotor hatte sein Bike nicht. Paolos Motor war er selbst.

Unter einer Baumgruppe blieb er stehen. Von hier hatte er einen traumhaften Blick auf seinen See. Unter ihm war Pai und auch Garda konnte er von dieser Stelle aus sehen. Die Strecke und auch die Stelle konnte er mit verbundenen Augen finden. Hier fuhr er sehr oft hin. Mal mit seinem Rad, mal mit seiner Sei.

Paolo hielt noch einen Augenblick inne, machte ein paar Bilder und setzte seinen Weg dann fort.

Barbara stand mittlerweile ebenfalls am Kyosk One. Valeria hatte sich für ein paar Dinge in ihre Wohnung zurückgezogen.

Die ersten Gäste nahmen an den Tischen des Kyosk One Platz. Barbara hatte die ersten Bestellungen schon aufgenommen und Yvonne hatte sich in die kleine Küche zurückgezogen.

Ein schwarzer Kombi fuhr auf das Gelände. Langsam umrundete er die Gebäude und parkte auf einem der noch freien Plätze. Es dauerte einen Augenblick, bis sich die Türen öffneten und zwei Personen ausstiegen. Aus dem hinteren Teil des Wagens stieg noch ein kleines Mädchen aus. Langsam gingen sie über den Parkplatz auf Osvaldo die Apè zu. Rosa kam aus dem Büro und lächelte.

„Buongiorno. Herzlich Willkommen. Ich hoffe ihr hattet eine gute Anreise!"

Stefanie und Felix Reinecke aus Deidesheim in der Pfalz lächelten nur etwas müde und nickten. Ihre Tochter Mariella ging auf Rosa zu und gab ihr lächelnd und überschwänglich die Hand.

„Dann gebt mir mal bitte eure Ausweise. Drüben im Kyosk One bekommt ihr in der Zwischenzeit etwas zu trinken. Ich bringe sie euch dann gleich zurück, zusammen mit eurem Schlüssel."

Wortlos übergaben sie Rosa ihre Ausweise und gingen langsam zum Kyosk One. Mariella hopste vergnügt hinterher. Rosa schaute den drei Ankömmlingen nach und schüttelte nur mit dem Kopf. Dann verschwand sie wieder im Büro.

Von der Straße bog Paolo rasant auf das Gelände und fuhr ohne Umwege sein Fahrrad direkt in die Garage. Sekunden später stand er grinsend und total verschwitzt im Büro.

„Mamma Mia, Paolo. Also manche Gäste sind mehr als sonderbar."

„Wie meinst du?"

„Da ist gerade eine Familie angereist. Junge Familie mit Tochter. Sie haben die große Wohnung reserviert. Das Kind total süß und aufgeweckt, die Eltern total verschlossen und desinteressiert."

„Die sind einfach nur müde von der Fahrt."

„Und warum die große Wohnung für eine kleine Familie?"

„Mamma Mia, ist doch egal. Sie habe reserviert und bezahlt. Und niemand anderes wollte die große Wohnung jetzt."

Rosa schüttelte verständnislos mit dem Kopf, seufzte kurz und trug die Personalien in das Meldeformular ein. Paolo verließ unterdessen das Büro und ging verschwitzt hinüber zum Kyosk One.

„Ciao. Herzlich Willkommen. Ihr seid gerade angekommen?"

Er schüttelte die Hände von Stefanie und Felix. Mariella winkte er lächelnd zu.

Beide waren auch bei Paolo eher stumm, nickten und lächelnden nur.

Dabei waren die beiden sonst eigentlich sehr kommunikativ. Stefanie arbeitete in der Verwaltung in Deidesheim. Sie war dort für die Ausweise zuständig. Am Wochenende half sie auch immer mal wieder in einem kleinen Tierpark aus. Mariella nahm sie dann meist mit oder brachte sie zu ihren Eltern.

Ihr Mann Felix war hauptberuflich Manager in einem mittelständischen Betrieb für die Herstellung und den Vertrieb von Dubbegläsern. Seine Freizeit verbrachte er als Influencer und Streamer auf seiner eigenen Plattform. Felix liebte die alten Spielekonsolen aus den 90ern. Wann immer es seine Zeit zuließ, ging er abends online und zockte mit seiner Community bis spät in die Nacht. Seit einigen Wochen hatte er zusätzlich noch das Radfahren, sowie Minigolf für sich entdeckt. Beides streamte er oftmals ebenfalls live und hatte so eine Reihe von interessierten Anhängern. Die Wochenenden verbrachte er meist in seinem kleinen Garten.

Dabei kam die gemeinsame Zeit mit seiner Familie oftmals zu kurz. Das versuchte er jetzt wieder gutzumachen und so waren sie jetzt nach einer zwölfstündigen Fahrt müde in Garda angekommen.

Und diese Reise war eine ganz besondere. Die beiden waren noch nicht allzu lange verheiratet. Mariella kam zur Welt, da waren beide noch nicht verheiratet gewesen. Das hatten sie im vergangenen Jahr nachgeholt. Diese Reise war somit auch eine verspätete Hochzeitsreise.

„Ich bin müde und könnte jetzt einfach nur schlafen."

„Ich auch, aber ich denke mal, Mariella wird uns nicht lassen."

Beide schauten zu ihrer Tochter, die munter und voller Elan noch immer über die Wiese lief und ein Lied aus dem Kindergarten sang.

Stefanie gähnte geräuschvoll. Minuten später hatten sie ihre Ausweise zurück, zusammen mit dem Schlüssel ihres Apartments. Langsam und ohne ein Wort erhoben sich beide und schlurften gemeinsam mit der quirligen Mariella zum Auto.

Etwa eine Stunde später hatten sie alles in der Wohnung verstaut. Felix hatte kalt geduscht und war wieder wach.

„Können wir los? Wir wollten noch einkaufen."

Stefanie nickte und erhob sich. Sie war immer noch müde. Mariella saß in der Ecke auf dem Sofa und schaute in einem Buch. Gemeinsam verließen sie kurz darauf die Anlage und bogen auf die Via della Pace in Richtung Costermano.

9

In der Villa mit der angrenzenden Parkanlage, in der Don Mario lebte, herrschte Stille. Keine Vögel zwitscherten, keine Zikaden waren zu hören. Es war totenstill.

Auch im inneren der Villa war es ungewöhnlich still. Die Angestellten hatten wie jede Woche an diesem Nachmittag frei.

Ein dumpfer Knall gefolgt von einem Poltern durchbrach die Stille. Kurz darauf wurde eine Tür zugeschlagen und Schritte halten durch die Villa.

Dann war es wieder still.

Entfernt in einem anderen Teil der Villa war ein leises Röcheln, ein Kratzen zu hören. Dieses verstummte aber Augenblicke später und Stille herrschte wieder in der Villa.

Drei Stunden später fuhren die ersten Angestellten auf das Gelände. Maria Conte und Carlo Spiazzi kamen zeitgleich am Einfahrtstor an.

Maria Conte war die Köchin von Don Mario. Sie war bereits über siebzig und arbeitete seit mehr als dreißig Jahren für Don Mario. Sie war gerade aus dem Bus ausgestiegen. Carlo Spiazzi war deutlich jünger und erst seit wenigen Jahren in Diensten des Paten. Er war für die Objektsicherung zuständig. Wenn aber alle frei hatten, so wie an diesem Nachmittag, dann übernahm Alfredo diese Aufgabe.

An diesem Spätnachmittag war jedoch etwas anders. Kein Alfredo, der die beiden begrüßte. Normalerweise wartete er bereits auf die ersten und öffnete das Tor. Dieses Mal jedoch nicht. Die Villa lag still und unbeleuchtet da. Tor und Tür waren verschlossen. Carlo wurde nervös, als er seinen Wagen auf dem Parkplatz hinter der Villa abstellte. Er hatte kein gutes Gefühl. Irgendetwas stimmte nicht.

Carlo ging über den Hintereingang in das Gebäude. Es war still. Keine Stimmen! Keine Geräusche! Kein Fernseher oder Radio!

Maria Conte folgte in einigem Abstand. Sie schnaufte, als auch sie den Hintereingang erreichte. An der Tür blieb sie stehen und wischte sich erst einmal den Schweiß aus dem Gesicht.

Maria ging hinein. Es war noch immer dunkel. Im großen Eingangsbereich sah sie einen Schatten. Das musste Carlo sein.

„Tutto bene, Carlo?"

Es war still. Carlo antwortete nicht. Maria suchte im Dunkeln nach dem Lichtschalter. Nach kurzem Suchen fand sie ihn.

„Kein Licht!"

Maria Conte erschrak. Carlo stand neben ihr.

„Kein Licht, Maria. Ruf einen Krankenwagen… Und die Polizia! Alfredo ist tot. Und der Don liegt regungslos neben seinem Bett."

Maria wurde panisch. Sie fing an zu wimmern.

„Nun mach schon. Jede Minute zählt."

Carlo verschwand wieder. Ein leises Poltern war zu hören. Dann ging ein Licht im oberen Stockwerk an.

Maria hatte sich wieder etwas beruhigt und versuchte mit zittrigen Händen die Nummer der Polizia zu wählen. Nach dem dritten Freizeichen hob jemand ab. Maria schilderte kurz, was ihr Carlo gesagt hatte, und legte dann auf.

Sie ging zu dem kleinen Schrank in der Küche und holte eine Olivenölflasche hinaus. Dazu ein kleines Glas. Sie goss das Glas voll und kippte die Flüssigkeit auf ex weg.

Die Olivenölflasche war jedoch nur Tarnung. In ihr war ein selbstgebrannter Kräuterschnaps, den sie immer mal wieder zu Rate zog, wenn es stressig war.

Knapp zehn Minuten später standen einige Wagen der Polizia in der großen Auffahrt, sowie ein Notarzt, zwei Krankenwagen und ein Leichenwagen.

Alfredo war, wie Carlo bereits vermutet hatte, tot. Der Notarzt bestätigte dies ohne große Untersuchung. Was genau passiert war, musste nun jedoch die Gerichtsmedizin feststellen. Alfredo hatte eine große Wunde am Hinterkopf, vermutlich durch einen stumpfen Gegenstand, sowie eine Schussverletzung in der Brust.

Don Mario lebte noch. Es bestand der Verdacht auf einen Schlaganfall. Daher hatte der Notarzt bereits einen Helikopter angefordert. Ein Transport mit dem Krankenwagen, könnte die Situation nur noch verschlimmern.

Immer mehr Bedienstete des Paten kamen zurück zur Villa. Die Beamten ließen sie jedoch nicht hinein und nahmen lediglich die Personalien auf, bevor sie wieder weggeschickt wurden.

Auf der Straße hatten sich bereits mehrere Schaulustige angesammelt. Auch die ersten Medienwagen von Radiostationen, der Presse und dem Fernsehen standen am Straßenrand.

Immer mehr Fahrzeuge der Polizei kamen am Tatort an. Einige davon waren auch Zivilfahrzeuge. Immer mehr Beamte liefen über das Gelände von Don Mario. Dieser wurde gerade zum Helikopter gebracht, der etwas abseits auf dem Grundstück mit laufenden Rotoren wartete.

10

Ingolf stand zusammen mit Norman in dem kleinen Studio im Keller seines Hauses und sichtete die ersten Aufnahmen und Schnitte für das Musikvideo. Am Computer hatten sie bereits einige Sequenzen für „Ah che bello" erstellt. Der Großteil des Videos aber sollte direkt in Italien am Gardasee entstehen.

„Das schaut doch schon ganz gut aus. Den Rest machen wir direkt vor Ort am Gardasee."

„Ja, aber ich hoffe es wird entspannter als der letzte Aufenthalt. Eine Leiche unter dem Camper brauche ich nicht."

Ingolf lachte amüsiert, als Norman das sagte.

„Glaub mir, ich auch nicht. Und ich habe seitdem ständig drunter geschaut!"

Norman schaute seinen Vater an und musste grinsen.

„Ja das habe ich gesehen. Du hast es ja mehrmals gepostet."

Ingolf schaute wieder auf den Monitor. Immer wieder zog er die Computermaus über den Bildschirm und tippte etwas ein. Im Hintergrund lief das neueste Album von ihm.

Ingolf hatte eine Flasche von Vincenzi geholt und öffnete sie gerade.

„Ist das nicht ein wenig früh?"

„Das ist die perfekte Inspiration! Und von Vincenzi den besten Wein. Aber ich kann auch einen Limoncello von Morelli holen?"

„Nein, Vincenzi, ist schon okay! Wann geht es denn jetzt los? Du weißt, ich habe demnächst noch die Tour mit Wingenfelder und auch noch das ein oder andere Konzert."

Ingolf blickte seinen Sohn an.

„Mach dir keine Sorgen. Das habe ich alles eingeplant. Wir starten in den kommenden Tagen. Ich habe alles bis ins kleinste Detail getaktet. Wir werden die Aufnahmen in Italien machen und dann ganz gechillt wieder zurückfahren."

„Ganz gechillt? Du hast nicht wirklich Fossalta gebucht?!"

„Natürlich! Das wird super! Nur wir zwei im Camper ein paar Tage auf Fossalta! So wie damals als du noch so klein warst!"

Ingolf deutete es grinsend an.

Norman verdrehte die Augen.

„Nur wir zwei?"

„Okay, Ronnie und Marcus werden auch da sein. Einer muss ja die Kamera ruhig halten. Wir wohnen alle auf Fossalta! Die anderen wissen nur noch nichts davon."

Ingolf grinste seinen Sohn an.

„Ganz so wie früher!"

Norman schüttelte den Kopf und verließ das kleine Studio. Er kehrte aber nochmals zurück, blieb aber im Türrahmen stehen.

„Machen wir eigentlich noch ein paar Aufnahmen hier in Deutschland? Oder hast du nur Italien geplant?"

Ingolf drehte sich um. Er nahm seine Brille ab.

„Ich dachte nur an Italien. Das Lied spielt nur in Italien, also warum sollten wir auch Aufnahmen hier in Deutschland machen? Wir haben doch die Bildersequenzen. Vielleicht können wir da noch was mehr machen. Aber das können wir im Nachhinein noch hinzumischen."

Norman nickte stumm, winkte seinem Vater zu und verließ das Studio. In der Einfahrt lief er noch seiner Mutter über die Füße.

„Du gehst schon?"

„Keine Zeit. Er hat wieder so verrückte Ideen. Ich muss packen."

Norman zeigte in Richtung des Kellers, verdrehte die Augen und stieg in seinen Wagen. Ohne weitere Worte startete er ihn und fuhr davon.

11

Paolo stand im Osvaldo Shop und hatte gerade eine Outlet Ecke eingerichtet. Hier hatte er Artikel der vergangenen Saison liegen. Neben T-Shirts und Jacken standen dort auch Tassen und verschiedene Köstlichkeiten.

Davon hatte er gerade mehrere Bilder und auch ein Video aufgenommen. Kritisch schaute er auf die Aufnahme. Kopfschüttelnd löschte er diese jetzt wieder.

„Nicht gut!"

Er wollte gerade eine neue Videoaufnahme starten.

„Cosa stai facendo?"

Rosa stand im Türrahmen und schaute zu ihrem Sohn.

Erschrocken zuckte er zusammen.

„Mamma! Mi hai spaventato."

Rosa verdrehte die Augen. Paolo fasste sich an die Brust. Er legte sein Handy auf den Tisch.

„Ich möchte es gar nicht wissen! Ich muss zum Supermarkt. Brauchst du was?"

Paolo schüttelte den Kopf. Ohne ein weiteres Wort drehte sich Rosa um und ging zu ihrem Wagen, der weiter hinten auf einem der freien Parkplätze stand.

Silke und Uwe standen in der Nähe von Malcesine auf einem Parkplatz direkt am Ufer.

„Was machen wir jetzt?"

Uwe zuckte mit den Schultern.

„Immerhin schicken sie uns das Gepäck zu unserer Unterkunft, als kleines Entgegenkommen. Aber ich habe gerade keine Ahnung, wo wir überhaupt unterkommen werden. Dabei hatte ich alles so gut geplant."
Silke hatte noch immer Puls. Sie hatte sich noch nicht beruhigt und hatte immer wieder während der Fahrt auf dem Motorrad Triaden von Schimpfwörtern durch die Sprechanlage zu Uwe geschickt.

„Wir werden uns beschweren. Das geht nicht. Lassen uns anreisen und sagen uns dann „Pech gehabt". So geht das nicht."
Uwe zündete sich eine Zigarette an.

„Der Anbieter ist Insolvent. Ich würde wahrscheinlich genauso reagieren."

„Genau! Man freut sich auf den Urlaub, hat monatelang, vielleicht jahrelang darauf gespart und bekommt bei Ankunft gesagt „zahlen oder fahren". Nein, so geht das einfach nicht."
Silke war außer sich. Sie lief stampfend auf und ab. Uwe beobachtete sie. Er saß auf seinem Motorrad und schaute bereits in seinem Handy nach einer Alternative.

„Ich habe etwas gefunden. Vielleicht ist noch was frei. Lass uns mal hinfahren."
Beide stiegen wieder auf das Motorrad und Uwe fuhr los. Es ging nach Süden. Silke fragte nicht. Noch immer war sie gereizt und hatte Mühe, sich auf die Fahrt zu konzentrieren.

Paolo saß am Schreibtisch. Gerade hatte er sein Video gepostet, das er wenige Minute zuvor nochmals aufgenommen hatte.

Eine Citroén 2CV fuhr auf das Gelände. Der Wagen hatte einige Fehlzündungen. Mehrmals knallte es. Paolo blickte auf. Der Wagen bog um die Ecke und parkte auf dem Parkplatz, auf dem wenige Minuten zuvor noch Rosa stand.

Kurz darauf stieg eine Frau aus dem Wagen. Groß, schlank, blond! Sie ging etwas unsicher und knickte mehrmals mit ihren hochhackigen Schuhen um.

Paolo blickte auf und schaute amüsiert nach draußen. Die Frau kam langsam auf Osvaldo zu. Noch immer unsicher und leicht schwankend. Paolo erhob sich von seinem Stuhl und eilte nach draußen.

Als sie näherkam, lächelte sie leicht gequält. Paolo konnte sich ein Schmunzeln nicht verkneifen.

„Buongiorno in der Residence Villa Rosa."

Die Frau blieb stehen, knickte nochmals um und hatte Mühe, das Gleichgewicht zu halten.

„Scheiße, die Schuhe bringen mich noch um."

„So eine Begrüßung ist neu."

Paolo schaute die Frau an. Diese schaute etwas irritiert zurück.

„Sch… Oh nein, entschuldigen Sie bitte. Mein Name ist Knall, Katharina Knall. Ich habe reserviert."

„Herzlich Willkommen. Kann ich bitte den Ausweis haben?"

Aufgeregt fing Katharina jetzt an, in ihrer Tasche zu wühlen.

„Letzte Woche hatte ich ihn noch in der Hand. Wo ist er denn?"

Sie stürmte an Paolo vorbei ins Innere und rannte auf den Schreibtisch zu. Dort nahm sie ihre Tasche und kippte den kompletten Inhalt aus.

Handy, Stifte, Tampons, Bonbons, eine Bürste und Kleingeld fielen heraus. Irgendwo zwischen Tampons und Bonbons ragte eine Karte hervor. Der Ausweis! Triumphierend hielt sie ihn hoch.

Sie gab ihn Paolo und schob alles andere wieder in ihre Tasche. Paolo war sprachlos.

Einige Tampons fielen hinunter und kullerten über den Boden. Katharina versuchte sie aufzuheben. Wieder knickte sie um.

„Mist!"

Sie zog die Schuhe aus und warf sie nach draußen.

„Jetzt geht es mir besser."

Katharina hob die Tampons auf, steckte sie in die Tasche und ging ohne ein weiteres Wort wieder nach draußen.

„Geh bitte rüber zu Kyosk One!"

Paolo war sprachlos. Katharina war weg.

Uwe und Silke erreichten den Hafen von Garda. Sie hatte sich mittlerweile wieder beruhigt. Uwe lenkte die Maschine langsam an den Autos vorbei. In Garda staute es sich mal wieder.

Am ersten Kreisel musste er stoppen. Von links drängte sich ein Bus in den Kreisel, der diesen jetzt blockierte.

Nach dem Bus war frei und er gab langsam Gas. Er bog in die Via Carlo Gnocchi ein und beschleunigte. Minuten später stand er abermals. An der Einfahrt zur Villa Rosa hatte er Gegenverkehr.

Silke klopfte ihm von hinten auf die Schulter. Uwe nickte nur und bog auf das Gelände. Kurz darauf parkte er die Maschine ganz vorne vor Osvaldo.

Paolo hatte die Maschine gesehen und stand schon vor dem Gebäude. Nach Katharina Knall konnte ihn an diesem Tag nichts mehr erschüttern. Zudem war für den heutigen Tag keine weitere Anreise angemeldet.

Uwe und Silke nahmen die Helme ab und gingen auf Paolo zu.

„Buongiorno. Wie kann ich helfen?"

Uwe war etwas verunsichert.

„Guten Tag! Wir haben nicht reserviert, suchen aber eine Unterkunft und sind auf diese hier gestoßen. Haben Sie vielleicht noch etwas frei?"

Silke schaute ihren Uwe etwas erschrocken an. War er wirklich einfach so ohne einen Plan hierhergefahren. Hoffentlich war noch etwas frei.

Paolo war noch etwas skeptisch. Am Kyosk One saß noch immer Katharina Knall und wartete auf ihn. Vor ihm standen jetzt zwei, die nicht reserviert hatten, und das mitten in der Hauptsaison. Also für ihn ein rundum verrückter Tag, der hoffentlich nicht noch mehr Überraschungen bereithielt.

„Ihr habt Glück. Ich habe noch eine Wohnung frei. Wie lange wollt ihr bleiben?"

Uwe schaute Silke an.

„Eine Woche?"

Paolo ging in Gedanken die freien Wohnungen durch. Dann nickte er.

„Gut, dann bitte eure Ausweise. Habt ihr kein Gepäck?"

Er schaute erst Uwe und Silke fragend an und dann auf das Motorrad. Beide holten ihre Ausweise raus und gaben sie Paolo.

„Unser Gepäck wird geliefert. Es ist... Es lagert... Wir haben es wegen des Motorrades deponiert."

Paolo nickte nur, nahm die Ausweise und ging ins Innere. Er drehte sich nochmals um.

„Ihr könnt zum Kyosk One gehen. Ich bringe euch Schlüssel und Ausweise gleich."

Beide gingen hinüber. Silke schaute sich um. Die Liegen am Pool waren belegt. Viele waren im Wasser und auch auf der Wiese waren viele der Liegen belegt.

„Das ist wirklich schön hier. Aber du hast gar nicht gefragt was uns die Woche kostet."

Uwe winkte ab.

„Wir können das hier nehmen oder zurück nach Deutschland fahren. Es ist Hauptsaison und wir haben Glück, das wir überhaupt noch etwas gefunden haben.

Ich denke nicht, dass wir anderswo genauso viel Glück haben."

Silke nickte und beide gingen die letzten Schritte zum Kyosk One. Am Nebentisch von Katharina Knall setzten sie sich. Beide bestellten bei Yvonne etwas zu trinken. Zwei Cappuccino.

Rosa betrat das Büro. Paolo saß am Schreibtisch und trug die Neuankömmlinge gerade auf der Seite des Innenministeriums ein.

„Ist noch jemand angereist? Wir hatten doch keine Reservierungen für den heutigen Tag?"

Paolo schaute auf.

„Si. Eine Reservierung hatten wir, jedoch bereits für gestern. Sie ist aber erst heute angereist. Und dann noch ein Pärchen, welches nicht reserviert hatte."

„Das Motorrad?"

Paolo nickte.

„Das Motorrad und die Ente oben an der Waschküche."

Rosa schaute über den Parkplatz und entdeckte das Motorrad, sowie das Auto.

„Welche Wohnungen bekommen Sie? Dann schaue ich wegen den Schildern."

„13 und 28. 13 das Auto und 28 das Motorrad."

Rosa nickte und verließ das Büro wieder. Paolo nahm die Papiere und ging schnellen Schrittes zum Kyosk One.

12

Noch immer standen ein paar Polizeiwagen vor der Villa von Don Mario. Ihn hatte man allerdings bereits vor Minuten mit einem Krankenwagen abtransportiert. Alfredo hatte man auch schon abtransportiert. Jedoch nicht in einem Krankenwagen, sondern in einem Leichenwagen. Er war auf dem Weg in die Gerichtsmedizin von Mailand.

Die Anwesenden, die sich zum Zeitpunkt des Einsatzes ebenfalls alle auf dem Grundstück befanden, wurden nach Feststellung der Personalien wieder fortgeschickt.

Die noch anwesende Spurensicherung sicherte die letzten Beweise.

Zwei Wagen der Carabinieri standen etwas abseits. Sie sollten, wenn alle Untersuchungen abgeschlossen waren, das Grundstück für die nächsten 48 Stunden bewachen. Vorläufig! Der leitende Beamte in diesem Fall, Commissario Fred Scacci, rechnete fest damit, in den kommenden zwei Tagen alle notwendigen Untersuchungen abzuschließen.

Don Mario war seit wenigen Minuten im San Raffaele Hospital in der Via Olgettina. Dort hatte man ihn hingebracht, da die genauen Symptome vor Ort nicht feststellbar waren.

Die Sanitäter und auch der Notarzt hatten zwei Vermutungen. Einen schweren Herzinfarkt oder aber einen Schlaganfall.

Letzteres wurde schnell nach den ersten Tests festgestellt. Don Mario kam umgehend auf die Stroke Unit der Klinik.

Nach weiteren Untersuchungen wurde bei Don Mario unter anderem eine halbseitige Lähmung, sowie Vorhofflimmern festgestellt. Außerdem ging man davon aus, dass bei der Schwere des Schlaganfalls große Teile des Nervensystems, sowie Sprach- und Sehvermögen erheblich in Mitleidenschaft gezogen wurden. Aufgrund seines fortgeschrittenen Alters rechnete man momentan nicht mit einer schnellen Genesung. Die nächsten 24-48 Stunden würden bei Don Mario über Leben oder Tod entscheiden. Deshalb wurde er, wie in solchen Fällen meist üblich, in ein künstliches Koma versetzt.

Alfredo hingegen lag auf einem kalten Stahltisch nur wenige Meter von Don Mario entfernt, im Keller der Pathologie. Er brauchte weder eine Infusion, noch half bei ihm ein künstliches Koma.

Die Verletzung am Hinterkopf hätte zwangsläufig zum Tode geführt, wenn ihn keiner gefunden hätte. Der Schlag, der ihn traf, war so heftig gewesen, dass die Schädeldecke gebrochen war. Das Hirn war bereits angeschwollen und Teile bereits durch den Druck irreparabel geschädigt. Die Schussverletzung in der Brust verfehlte das Herz zwar um einige Zentimeter, löste aber einen Infakt aus, der das geschädigte Gehirn durch einen ausgelösten Schlaganfall so sehr schädigte, dass Alfredo innerhalb weniger Minuten hirntot war.

Dass der Pathologe ihn vom Hals abwärts aufgeschnitten hatte und auch seine Schädeldecke entfernt hatte, änderte nichts an der Diagnose und der festgestellten Todesursache.

Der Totenschein wurde ausgestellt und eine Kopie an das zuständige Morddezernat bei der Polizia gemailt.

Commissario Fred Scacci saß an seinem Schreibtisch und blickte auf seinen Bildschirm. Dort waren mehrere Dateien geöffnet. Gerade blinkte die Mail aus der Pathologie auf. Er öffnete sie.

„Sergente, haben Sie die Akte von diesem Alfredo aus dem Archiv heruntergeladen?"

Sergente Vasco Muti war erst vor kurzem von der Akademie zur Polizia in Mailand versetzt worden. Er war einer von drei Jahrgangsbesten des aktuellen Abschlusssemesters. Muti war ein hagerer dunkelhaariger Junge mit stahlblauen Augen.

Schüchtern nickte er nur. Scacci schnippte mit den Fingern.

„Ich habe sie Ihnen zugeschickt, Commissario."

Scacci öffnete auch diese Datei. Seine drei Bildschirme waren vollgepackt mit Bildern, Aufzeichnungen und Informationen.

Scacci war Anfang sechzig. Seine Pensionierung war bereits in greifbarer Nähe. Er hoffte mit jedem Tag, dass ihm das Innenministerium seine Entlassungsurkunde zustellen würde. Er hoffte so sehr, dass seinem Antrag auf vorzeitigen Ruhestand stattgegeben würde. Möglich, dass dieser Alfredo sein letzter großer Fall sein würde.

Der Drucker im Nebenraum ratterte. Scacci hatte die Akte „Alfredo" ausgedruckt. Er mochte es „oldschool" und hatte gerne Papier in der Hand. Die Dienststelle jedoch setzte immer mehr auf „paperless". Noch ein Zeichen dafür, dass es für ihn Zeit wurde, in Pension zu gehen.

„Sergente?"

Vasco Muti lief zum Drucker und brachte dem Commissario den Papierstapel.

Es klopfte an der Tür. Ein Angestellter trat ein und legte wortlos eine kleine Kiste auf den Tisch neben der Türe.

Scacci blickte kurz auf. Der Sergente erhob sich und holte die Kiste. Der Commissario schaute kurz hinein, wandte sich aber direkt wieder dem Papierstapel zu.

Scacci war neugierig. Immer wieder blickte er auf die kleine Kiste.

Viel war nicht drin. Ein Handy, der Geldbeutel, Ketten und Ringe, ein Schlüsselbund und ein brauner Umschlag.

Sergente Muti verließ den Raum und kam kurz darauf mit zwei Tassen Kaffee zurück. Fred Scacci erhob sich und ging an das kleine Fenster. Der Blick nach draußen führte in einen kleinen Innenhof. Trostlos und schmuddelig!

„Sergente, ist Ihnen eigentlich schon mal aufgefallen, was das für ein hässlicher Innenhof ist?"

Der Sergente sagte keinen Ton. Er nippte gerade an seinem Kaffee.

„Jetzt sitze ich schon so viele Jahre hier. Aber erst seit ein paar Wochen fällt mir dieser hässliche Innenhof auf."

Scacci nahm einen Schluck aus dem Becher und verzog das Gesicht.

„Der Kaffee wird auch immer schlechter. Wenn du sowas irgendwo in Italien ausschenkst, bekommst du die Tasse direkt an den Kopf."

Der Sergente nickte wieder nur. Man hatte ihm auf der Akademie beigebracht, niemals dem Vorgesetzten zu widersprechen. Das wollte er wenigstens am Anfang versuchen und so nickte er fast unmerklich, während er auf seinen Bildschirm schaute.

Der Commissario legte den Stapel beiseite und nahm die Kiste. Er blickte hinein. Der braune Umschlag stach ihm dabei ins Auge.

Scacci nahm ihn aus der Kiste. Er wendete ihn und schaute ihn sich genau an. Es war ein handelsüblicher brauner Umschlag, der schon merkliche Gebrauchsspuren aufwies. Er war nicht sonderlich dick und hatte die Größe eines Blatt Papieres.

Mit einem schwarzen Stift war Winnie W. auf dem Umschlag vermerkt.

„Sergente, sagt Ihnen der Name Winnie W. etwas?"

Vasco Muti schaute von seinem Bildschirm auf.

„Nein, Commissario. Diesen Namen habe ich noch nie gehört. Soll ich den Computer mal fragen?"

„Nein erstmal nicht. Ich öffne ihn und wir schauen was drin ist."

Scacci nahm das kleine Messer aus seiner Schublade, zog sich Latexhandschuhe, Maske und eine Schutzbrille an und öffnete vorsichtig den Umschlag. Bevor er weitermachte, gab er seinem Sergente ein Zeichen. Dieser öffnete das Fenster und zog sich ebenfalls eine Schutzbrille und Maske an. Scacci wartete! Nichts passierte. In Zeitlupe entnahm er den Inhalt. Kein Pulver oder ähnliches im Inhalt! Vorsichtig nahm er den aus mehreren Seiten bestehenden Inhalt und schaute auf jede der Seiten. Auf den ersten Blick nichts Auffälliges. Auch keine chemische oder biologische Reaktion.

Der Sergente tippte in seinem Computer herum. Noch immer hatten beide Brillen und Mundschutz auf.

„Commissario? Das sollten Sie sich anschauen."

Der Sergente blickte auf. Scacci legte die Seiten beiseite und ging zum Schreibtisch von Muti.

Ohne ein Wort zeigte der Sergente auf seinen Bildschirm.

Er hatte, während der Commissario den Umschlag untersuchte, trotz der Anweisung nicht zu suchen, nach Winnie W. recherchiert. Das Ergebnis wurde auf dem Bildschirm des Sergente angezeigt.

„Das ist ja interessant. Drucken Sie das mal aus, Sergente."

Muti nickte.

Winnie W. war laut Computer ein Pseudonym. Auf den ersten Blick nichts Ungewöhnliches. Aber im Zentralcomputer, der auf den Server der internationalen Datenbank von Europol zugreifen konnte, wurde der Name Winnie W. mit mehreren Namen verknüpft. Unter anderem auch mit Alfredo Rispano. Die DNA stimmte mit dem Toten aus der Villa und mit dieser Person aus der Interpol-Datenbank überein. Also waren Winnie W. und dieser Alfredo ein und dieselbe Person.

Und dieser Rispano schien noch einige andere Identitäten zu besitzen.

„Klicken Sie mal auf Information, Sergente."

Muti zog seine Maus auf den Button. Ein Feld öffnete sich und die Dienststelle von Susanna Luca am Gardasee wurde als Referenz angezeigt.

„Schicken Sie diese Informationen an die Kollegen des Gardasees. Damit können wir dann diesen Fall für uns abschließen."

Vasco Muti kopierte den Link der Akte bei Europol, verknüpfte die Informationen über den Toten Alfredo Rispano und schickte alles an die Dienststelle am Gardasee.

„Und Sie meinen, wir können das so einfach abschließen? Keine weiteren Ermittlungen? Sollen wir
nicht vorsichtshalber noch etwas warten?"
Der Commissario blickte von seinem Schreibtisch auf.
„Was wollen Sie hier noch ermitteln? Warum warten?
Schließen Sie den Fall. Das ist ab sofort ein Thema
bei den Kollegen am Gardasee. Die sind eh froh,
wenn sie mal was anderes haben als Falschparker und
nervige deutsche Touristen."

13

Die Sonne war vor einigen Minuten hinter dem Hügel von Costermano aufgegangen. Der See glitzerte an diesem Morgen in einem magischen Blau. Mehrere Vögel und einige Tauben saßen auf dem Dach des Apartmentgebäudes „Paolo" und sangen ihr fröhliches „Guten Morgen".

In der Anlage schliefen noch alle. Alle bis auf Paolo. Er war bereits seit einer Stunde auf den Beinen und hatte gerade im Osvaldo sein erstes Video gedreht. Das wollte er in wenigen Minuten bei einem Espresso auf seinen Seiten hochladen.

Er hatte es sich bereits zweimal angeschaut und nickte jetzt zufrieden.

„Perfetto. Das werde ich gleich posten."

Er stand auf und ging in die Küche. Er nahm die Espressobohnen aus dem Schrank und füllte sie in das kleine elektrische Mahlgerät. Das Gerät war noch von seinen Großeltern. Eines der ersten elektrischen Geräte dieser Art überhaupt. Und es funktionierte noch wie am ersten Tag.

Er nahm seine Bialetti in den italienischen Farben von der Spüle. Dort stand sie eigentlich immer, da er sie einmal morgens früh und abends spät, wenn er noch in seinem Büro saß, nutzte.

Die Bohnen waren gemahlen. Er füllte das kleine Sieb und ließ Wasser in den unteren Behälter hinein. Dann

stellte er es auf den Träger, der bereits auf dem Gas-
herd wartete. Kurz darauf fing es an zu blubbern.

Paolo liebte das Geräusch, diesen Duft, der dann
durch die Küche zog und den er durch seine Nase
inhalierte.

Minuten später war sein Espresso fertig. Zusammen
mit der Bialetti und einer kleinen Tasse, die er beide
auf einem kleinen Tablett trug, verließ er die Küche
und ging zurück in sein Büro.

Valeria schlief noch und auch Achille lag schnarchend
auf seiner Decke, alle Viere von sich gestreckt.

So ganz stimmte es allerdings nicht, dass die ganze
Residence Villa Rosa bis auf Paolo noch am Schlafen
war.

Mandy, Hasan und Jaqueline, die zusammen eine
Wohnung in der oberen Etage des Apartmenthauses
„Paolo" bewohnten, waren bereits wach.

Jaqueline stand unter der Dusche und Mandy hatte
sich gerade aus dem Bett erhoben. Gähnend ging sie
um das Bett herum und auf den Balkon zu.

Hasan lag noch im Bett. Er war schon wach, dass
jedoch bereits seit gut zwei Stunden. Jaqueline, die im
Nebenzimmer schlief, hatte in den letzten Stunden
große Teile des Harzes abgeholzt. Hasan war drauf
und dran gewesen, Feuer zu legen, damit dieses laute
Abholzen endlich ein Ende hatte. Aber wie so oft war
er zu faul gewesen, seine Pläne auch in die Tat
umzusetzen.

Stattdessen hatte er sich auf seinem Tablet Fitnessvideos angeschaut. Hasan war angehender Bodybuilder, oder wollte es jedenfalls mal werden. Vom Sixpack war er nur noch wenige Zentimeter entfernt. Man konnte ihn jedenfalls schon erahnen, den Sixpack.

Mandy war ganz fasziniert von seiner behaarten Brust. Das Sixpack war für sie nur Nebensache. Sie schaute da auf ganz andere Dinge.

Hasan war durch und durch Türke aus Frankfurt am Main. Bereits in dritter Generation wohnte seine Familie in Deutschland. Und fast immer in Frankfurt. Seine Großeltern waren damals im Pott, genauer gesagt in Gelsenkirchen, gelandet, irgendwann in den 60ern. Sein Opa arbeitete ein paar Jahre in einer Zeche, bevor die Familie erst nach Offenbach und dann nach Frankfurt umzog. Seine Oma eröffnete dort eine Näherei in einem Hinterhof in Bogenhausen. Am Anfang noch illegal ohne Genehmigung.

Als dann die kleine Nigar, die Bildhübsche, seine Mutter auf die Welt kam, wurde die Näherei kurzerhand geschlossen und sein Opa fing bei Opel in Rüsselsheim an.

Nigar lernte dann Jahre später Rolf in einer Disco in Frankfurt kennen. Was dann passierte lag aktuell in der Residence Villa Rosa auf dem Bett und schaute Fitnessvideos.

Mandy stand auf dem Balkon. Sie atmete die italienische Luft tief ein. Ihre Augen waren geschlossen.

Von irgendwoher hörte sie ein lautes und schrilles Brüllen. Von irgendwoher war jedoch sehr nah. Sie öffnete die Augen und blickte sich um.

Als sie nach unten auf die Olivenbäume blickte, schaute sie in die treuen Augen eines, eines... Ja was war es denn nun?

Mandy schrie erschrocken auf.

„Hasan, Bebegim! Komm schnell. Hier steht ein, ein... Pferd auf der Wiese."

Hasan sprang auf und stürmte zum Balkon. Aufgeregt blickte er sich um, konnte jedoch kein Pferd entdesken.

„Askim. Das ist kein Pferd!

Hasan musste lachen. Mandy schaute ihn strafend an.

„Das ist ein Esel, Askim."

„Das ist doch das gleiche."

Mandy schaute ihn mit großen Augen an. Hasan verdrehte die Augen und ging wieder nach drinnen.

„Warum läufst du jetzt weg? Das Tier sieht aus wie ein Pferd mit großen Ohren. Das ist doch nichts besonderes.

„Doch, Askim. Ein Pferd, wie du es nennst und dann auch noch mit großen Ohren ist kein Pferd. Vielleicht ein Muli! Aber das, was da unten steht ist definitiv ein Esel. Meine Großeltern hatten auch so welche. Wirklich sehr nützliche Tiere!"

Jaqueline war fertig und stand tropfend im kleinen Eingangsbereich. Sie hatte nur wenig von der Unterhaltung mitbekommen.

„Ich habe Pferd gehört! Und geschrien hat auch jemand."

„Nein Mutti. Kein Pferd. Ist wohl ein Muli."

„ESEL"

Jaqueline schaute erst Mandy an und dann Hasan. Sie schüttelte den Kopf.

„Das überfordert mich gerade ein bisschen."

„Und deshalb solltest du dich erst einmal anziehen."

Mandy klang jetzt etwas genervt. Und das zu dieser frühen Stunde. Auch Hasan merkte es und verschwand jetzt ohne ein weiteres Wort im Badezimmer.

Der kleine Esel stand immer noch auf der Wiese und brüllte. So laut das jetzt auch andere Bewohner auf die Balkone traten und sich umblickten.

Eine ältere Dame in einer der unteren Wohnungen schrie laut auf und ließ das Geschirr fallen. Sie stand nur wenige Meter von dem Tier entfernt, das sie anblickte und nun langsam auf sie zuging.

Auch Paolo hörte dumpf in seinem Büro das Brüllen. Achille stand knurrend an der Tür.

„Was ist das für Krach?"

Er stand auf und lief hinaus. Valeria war nun ebenfalls wach. Sie stand verschlafen im Türrahmen.

14

Der Vorfall mit Luigi war noch immer allgegenwärtig. Und doch musste das Leben in dieser schwierigen Situation weitergehen.

Niemand konnte zum jetzigen Zeitpunkt sagen, ob Luigi es schaffen würde. Sein Umfeld, Freunde, Nachbarn, Kollegen und Gäste waren noch immer geschockt. Auch ob er jemals wieder der Alte sein würde, konnte jetzt noch niemand sagen.

Birgit hatte die letzten Tage kaum geschlafen. Immer wieder pendelte sie zwischen Wohnung, Krankenhaus und den beiden Restaurants.

Seit dem letzten Besuch in Verona hatte sie sich vorgenommen, auf das Taxi zu verzichten und mit dem Auto zu fahren. Es kostete sie allerdings sehr viel Überwindung, sich bei diesen Verkehrsverhältnissen selbst hinters Steuer zu setzen, aber die Kosten für das Taxi nach Verona waren einfach auf Dauer viel zu hoch.

Und noch wusste sie ja nicht, wie lange sie diese Belastung noch stemmen musste.

Und ehrlich gesagt, hatte sie sich ihre Zeit bei Luigi auch etwas harmonischer vorgestellt. Intensivstation war jetzt nicht gerade ein Pseudonym für Harmonie, der im Duden stand. Aber in der heutigen Zeit schaute ja niemand mehr in den Duden. Die Jugend wusste gar nicht mehr was das war.

Im Moment hatte sie immer den gleichen Tagesablauf. Abwechselnd fuhr sie in die beiden Restaurants und ins Krankenhaus nach Verona. Die Wohnung betrat sie nur zum Schlafen, wobei sie ihr kleines Zimmer der Wohnung von Luigi vorzog. Jedoch wurde sie immer wieder an den schrecklichen Tag erinnert.

Vor wenigen Tagen hatte sie ihr kleines Zimmer gekündigt. Das Geld konnte sie im Augenblick weitaus besser einsetzen. Birgit hatte sich entschieden, Luigis Wohnung zu nutzen, auch wenn die Erinnerungen momentan sehr schmerzhaft waren.

„Was gäbe ich jetzt für einen Abend bei dir im Restaurant, alter Freund. Mit Wein und deinen köstlichen Nudelvariationen."

Botatzi saß am Bett von Luigi auf der Intensivstation. Überall waren Schläuche und Monitore und immer wieder ertönte dieses monotone Piepsen der Überwachungsgeräte.

Der Commissario sah müde aus. Er war die letzten Tage nicht mehr von Luigis Bett gewichen. Ein graumelierter Drei-Tage-Bart zierte das sonst so gepflegte Gesicht von Botatzi. Und auch sonst sah er recht heruntergekommen aus. Das Hemd hatte Schweißflecken und seine Hose war ausgebeult. Vor dem Zimmer standen mehrere leere Kaffeekannen. Den Beamten, der für die Überwachung eingeteilt war, hatte er nach Hause geschickt. Seitdem hatte Botatzi das Krankenhaus nicht mehr verlassen.

Eine Schwester betrat den Raum. Sie hatte ein Bündel in der Hand. Zielstrebig ging sie zu Botatzi und übergab ihm das Bündel.

„Sie sollten mal eine Dusche nehmen, Commissario. Den Gang hinunter, die letzte Türe auf der rechten Seite. Wir haben ihnen dort auch etwas Frisches zum Anziehen hingelegt, mit den besten Grüßen von di Gallo."

Botatzi lächelte sie an.

„Gehen Sie. Wir passen so lange auf Ihren Freund auf. Gönnen Sie sich mal ein paar Minuten für sich."

Botatzi nickte, nahm das Wäsche-Bündel und verließ das Zimmer. Er schlurfte den Gang hinunter und verschwand in der Dusche.

Zwanzig Minuten später verließ er die Dusche wieder. Frischer, wacher und wie es auf den ersten Blick schien, auch positiver.

Botatzi ging wieder in den Raum, in dem er schon seit Tagen wachte. Es überkam ihn wieder diese Hilflosigkeit, seinem Freund nicht helfen so können.

Die Schwester lächelte und verließ ohne ein weiteres Wort wieder den Raum.

Der Commissario nahm wieder auf dem Sessel in der Ecke Platz. Er nahm die Gazetta von dem kleinen Beistelltisch und blätterte in ihr. Außer den aktuellen Nachrichten stand nichts Interessantes drin. Nicht mal im Sportteil war etwas Nennenswertes.

Botatzi legte sie wieder zurück auf den Tisch. Er schaute zu Luigi. Nichts. Nur das Piepsen der Geräte und sein Brustkorb, der sich gleichmäßig bewegte.

Stefano stand auf und ging zu dem Fenster. Er blickte hinaus. Der Himmel war grau. Vor kurzem hatte es noch geregnet. Er ging zurück zu seinem Sessel und setzte sich wieder.

Birgit hatte die Wohnung verlassen und war auf dem Weg zum Restaurant „Zum schwäbischen Italiener". Sie ging die paar Meter zu Fuß und genoss die Sonnenstrahlen und den lauen warmen Wind. Die Straßen waren gut besucht. In den Cafés war ein reges Treiben und in den wenigen Geschäften die Tignale zu bieten hatte, gingen die Touristen ein und aus.

Die Ferienwohnungen und Hotels waren trotz der Entfernung zum See gut gebucht.

Das Restaurant war derzeit nur abends geöffnet. Dafür aber bis Mitte September durchgehend sieben Tage die Woche. Das Restaurant in Malcesine hingegen war auch tagsüber geöffnet, hatte dafür aber dienstags geschlossen.

Nach Malcesine fuhr sie nur jeden dritten Tag. Tignale besuchte sie dafür täglich. Die Teams in beiden Restaurants hatten aber alles bestens im Griff. Helfen konnte Birgit sowieso nicht. Sie konnte weder ein Bier in ein Glas einschenken, noch wusste sie wie man mehr als zwei Teller trug. Und was die Buchhaltung anging, war sie froh, wenn sie die eigenen Einkäufe ohne größere Differenzen bewältigt bekam.

In dem Kindergarten, in dem sie gearbeitet hatte, war ihr mal ein Kind abhanden gekommen, als sie eine Wanderung durch den Wald machten. Man fand das Kind Stunden später unterkühlt an einem Bachlauf. Die Eltern wollten Birgit schon anzeigen, konnten dann aber doch noch umgestimmt werden.

Birgit Schnippel-Limbach bekam eine Abmahnung und durfte fortan nicht mehr mit einer Gruppe Kinder allein in den Wald.

Sie setzte sich an einen der freien Tische im Außenbereich. Es war ein kleiner Tisch in der Ecke. Das Restaurant hatte erst seit wenigen Minuten geöffnet. Und doch waren schon mehr als zwei Drittel der Tische belegt.

Birgit bestellte einen Cappuccino.

Botatzi war eingeschlafen. Er hatte den kleinen Beistelltisch vor sich stehen und hatte die Füße darauf abgelegt. Sein Mobiltelefon klingelte. Er griff in seine Hosentasche und holte es heraus. Susanna Luca blinkte auf dem Display. Botazi verdrehte die Augen und ging schließlich ran.

„Commissario..."

Susanna Luca verzichtete gänzlich auf das Begrüssungsgeplänkel und ließ Botatzi auch gar nicht erst zu Wort kommen.

„Wo stecken Sie denn die ganze Zeit. Auf Ihrem Schreitisch stapeln sich die Akten und dieser Sergente lungert ständig bei mir herum. Ich komme gar nicht zu meiner eigentlichen Aufgabe. Ich erwarte Sie unverzüglich hier in der Questura."

Botatzi hatte den Hörer zur Seite gelegt.

„Commissario! Hallo! Hören sie mich? Commissario!"

Botatzi nahm das Telefon wieder zur Hand.

„Botatzi! Nun melden sie sich endlich!"

„Buongiorno. Ich bin ja hier Vize Questore!"

„Dann sehen Sie zu, dass Sie unverzüglich hierher kommen an Ihren Schreibtisch. Das geht so nicht, Commissario. Dieser Sergente, wie heißt er doch noch gleich… Golla…"

„Gallo!"

Botatzi musste sogleich an diese Fantasieserie denken, verwarf den Gedanken aber gleich wieder mit einem Grinsen.

„Auch gut Commissario. Er sagte, Sie seien seit Tagen nicht im Dienst gewesen. Der Sergente sagte etwas von Krankenhaus. Sind Sie etwa krank Commissario? Das geht nicht. Ich brauche sie hier."

Botatzi wollte das Telefon schon wieder beiseite legen, entschied sich dann aber doch dagegen.

„Ich bin nicht krank, Vize Questore und ich komme auch nicht zurück. Jedenfalls im Moment nicht. Ich… Ich… Ich werde hier gebraucht."

Er hörte ein Stöhnen. Dann war es still.

„Was soll das heißen, Commissario! Wir sind doch kein Wohltätigkeitsverein, wo man sein Ehrenamt einfach so mal ruhen lassen kann. Sie sind Polizist. Wenn Sie nicht mehr wollen, dann müssen Sie den offiziellen Weg gehen."

Wieder war es still.

„Haben Sie mich verstanden, Botatzi!"

„Ja, Vize Questore. Sie hören von mir."

Der Commissario drückte seine Chefin einfach weg und legte das Telefon beiseite. Sein Blick schwenkte zum Bett, wo noch immer Luigi lag, und nichts sagte. Nur das Piepsen der Geräte war weiterhin zu hören. Einen kurzen Augenblick dachte er darüber nach, ob es richtig sei, was er hier tat, aber bereits beim nächsten Piep war der Gedanke schon wieder vergessen.

Botatzi hatte sich entschieden.

15

Katharina Knall stand im hinteren Teil der Anlage am Spielplatz. Sie hatte eine große Decke ausgebreitet, auf der sie bis vor wenigen Sekunden stand und ihre Yoga-Übungen machte. Mit einem lauten „Ohm" hatte sie gerade ihre Session beendet.
Mit geschlossenen Augen stand sie nun da und atmete geräuschvoll ein und aus.
Aus einiger Entfernung vernahm auch sie so ein Brüllen. Sie versuchte, sich weiterhin zu konzentrieren und diesen Moment der Ruhe noch ein wenig hinauszuzögern. Aber dieses Brüllen war in den letzten Sekunden irgendwie immer nähergekommen.
Jetzt vernahm sie auch einen warmen, etwas fauligen Geruch. Katharina rümpfte die Nase. Der Geruch wurde stärker und auch wärmer.
Sie öffnete die Augen und blickte in große dunkle Augen. Eine weiche, etwas raue Zunge leckte ihr über das Gesicht.
Dieser faulige Geruch trat ihr jetzt noch stärker entgegen. Katharina schrie auf.
Um sie herum hatten sich mehrere Esel versammelt. Einer von ihnen stand genau vor ihr.

Von all dem bekam Paolo nichts mit. Er hatte genug zu tun mit dem Esel, der auf der Wiese hinter dem Haus „Paolo" stand.

Die ältere Dame im Erdgeschoss war in Ohnmacht gefallen, nachdem der Esel auf sie zugestürmt war. Sie lag noch immer auf ihrer Terrasse. Glücklicherweise war sie weich gefallen. Sie wollte gerade Wäsche aufhängen und war in den Wäschekorb gefallen. Der junge Mann aus der 11 hatte sich an dem Esel vorbeigeschoben und kniete nun bei der älteren Dame. Das Tier hatte vor der kleinen Mauer Halt gemacht und beobachtete nun das Geschehen.

Immer mehr Schaulustige versammelten sich auf dem Parkplatz.

Immerhin war es diesmal keine Leiche, die irgendwie und irgendwo in der Residence Villa Rosa lag.

Es war nur ein Esel! Momentan jedenfalls!

Paolo stand etwas ratlos und auch hilflos am Rande der Wiese und blickte auf das Tier.

Die ältere Dame hatte das Bewusstsein wiedererlangt. Mit einem Grappa um zehn, saß sie nun auf ihrer Terrasse und schüttelte immer wieder mit dem Kopf.

„Mamma Mia. Verhext! Erst Tote und jetzt Esel."

Paolo ging langsam auf das Tier zu. Er wusste eigentlich nicht, was er machen sollte. Aber irgendwas musste er was tun.

Der Esel sah ihn und scharte nervös mit den Hufen. Er brüllte! Paolo stoppte.

„Si, si. Ist gut. Ich geh."

Paolo drehte wieder um und ging zurück an den Rand der Wiese. Dort stand Valeria. Sie schaute immer wieder zu dem Esel und ihrem Mann.

„Tutto bene?"

„Natürlich bene. Wonach schaut es aus? Was denkst du ist das?"

Paolo schüttelte den Kopf. Der Esel hatte das Interesse an Paolo verloren und stand mittig auf der Wiese.

Mandy, Jaqueline und Hasan hatten sich zu den anderen auf dem Parkplatz gesellt. Sie hatten eigentlich den besten Platz auf ihrem Balkon gehabt, aber Jaqueline bestand darauf, nach unten zu gehen und sich unter die anderen Gäste zu mischen.

„Bist du ganz sicher, dass es ein Esel ist! Von hier unten sieht es doch mehr nach einem Pferd aus."

Hasan schaute seine Freundin mit großen Augen an. Mehrmals hob er beide Hände und schaute zum Himmel.

Auch Jaqueline, die die einseitige Unterhaltung mitbekam, war fassungslos.

„Von mir hat sie das nicht! Ich war immer sehr gut belesen. Besonders in der Tierwelt."

Hasan nickte erst, stockte dann aber und blickte Jaqueline etwas fassungslos an.

„Was meinst du mit besonders in der Tierwelt?"

Jaqueline schaute erst Hasan an und dann wieder den Esel.

„Naja, wir waren schon immer sehr offen im Osten!"

Katharina Knall hatte die Esel mittlerweile um sich versammelt. Sie sprach auf sie ein. Eigentlich war es mehr ein Zucken und Kreischen. Aber es schien zu funktionieren. Katharina hatte die ungeteilte Aufmerksamkeit der Eselgruppe.

Sie ging voran und die Esel folgten ihr. Gemeinsam gingen sie Richtung Apartmentanalage. Immer wieder blickte sich Katharina um. Aber noch immer folgten die Esel ihr.

„Dieser Psychologiekurs war die richtige Entscheidung gewesen. Er wirkte selbst bei Tieren."

Katharina Knall hob triumphierend beide Arme und bewegte sie dabei wie ein Taktstock.

Sie kam langsam über den Parkplatz und näherte sich den anderen, die immer noch gebannt zusammenstanden und auf die Wiese und dem dort stehenden Esel blickten.

Ein lautes und schrilles Brüllen durchbrach die Ruhe. Kurz darauf brüllte die ganze Eselgruppe.

Paolo drehte sich um.

„Funf!"

Er schlug die Hände vors Gesicht. Die Schaulustigen Gäste auf dem Parkplatz traten alle mehrere Schritte zurück, als Katharina mit den Tieren näher kam.

Der Esel auf der Wiese brüllte und bahnte sich seinen Weg auf den Parkplatz. Dort wurde er von seinen Artgenossen ebenfalls brüllend in Empfang genommen.

Ein dunkler Wagen fuhr auf das Gelände. Paolo bemerkte ihn aus seinen Augenwinkeln heraus. Er wartete. Aber nichts Weiteres geschah. Der Wagen bog nicht um die Ecke. Er musste also auf den oberen Parkplatz an den Sportanlagen gefahren sein.

Kurz darauf kam ein Mann den Parkplatz hinunter. Es war einer dieser Männer, bei denen man, wenn man ihnen auf der Straße begegnete, freiwillig die Seite wechselte oder schnellstmöglich versuchte an ihm vorbeizukommen. Ein ganz unsympathischer Zeitgenosse.

Paolo überkam ein komisches, mulmiges Gefühl. Dieses hatte er eigentlich recht selten und es kam in letzter Zeit meist nur dann vor, wenn es Tote gab und die Polizei auf das Gelände kam.

Der Mann blieb am Rande stehen und schaute auf die Menge. Diese stand noch immer im Kreis um eine Herde Esel, sowie eine Frau in seltsamen Gewändern.

Paolo löste sich von der Gruppe und trat an den Mann heran.

„Buongiorno."

„Salve. Ich suche ein Zimmer, Signore. Sind Sie der Eigentümer dieser Anlage?"

Paolo nickte. Noch immer hatte er kein gutes Gefühl. Etwas reserviert trat er dennoch einen Schritt näher.

„Wie kann ich helfen?"

„Nun, wenn Sie was frei hätten, würde ich es gerne anmieten. Der Preis spielt keine Rolle. Ich zahle auch in bar, wenn ihnen das Recht ist."

-

Paolo überlegte kurz. Er schaute zu den Eseln und ging dann in Richtung des Büros. Er gab dem Fremden ein Zeichen. Dieser folgte.

Valeria, die ebenfalls noch immer dort stand, schaute skeptisch zu ihrem Mann und dem neuen Gast. Auch sie hatte kein gutes Gefühl.

Minuten später trat der Mann wieder aus dem Büro raus und verschwand hinter der Häuserwand. Paolo saß an seinem Schreibtisch und zählte den Bündel Geldscheine.

Valeria erschien im Türrahmen.

„Er hat bar bezahlt und ohne zu fragen was es kostet, hat er mir diesen Bündel Geldscheine gegeben."

Valeria kam näher und staunte nicht schlecht. Es war ein Bündel Fünfziger. Sie pfiff auf.

„Ich habe kein gutes Gefühl. Dieser Gast ist nicht hier, um „nur" Urlaub zu machen."

Paolo blickte abwesend nach draußen.

„Aber er hat in bar bezahlt und darüber hinaus auch noch gut, sehr gut"

16

Di Gallo fuhr den Alfa Romeo gerade auf den großen Parkplatz der Klinik in Verona.

Susanna Luca, die Vize Questore, wusste nichts von dieser Fahrt. Di Gallo war inkognito da, oder wie es Susanna Luca sagen würde, ohne dienstliche Anweisung.

Minuten später ging er durch die große Eingangshalle auf die Aufzüge zu. Di Gallo war aufgeregt. Seit Tagen, nein seit Wochen, war er mehr oder wenig auf sich allein gestellt. Seit dem Vorfall in Tignale! Seitdem hatte er den Commissario nur noch sehr selten gesehen.

Der Aufzug hielt auf der Etage der Intensivstation. Der Gang war hell und wie so oft steril. Nur wenige gingen über den Flur. Meist waren es Angestellte des Krankenhauses.

Der Sergente ging zu dem Stationszimmer. Eine ältere Frau saß an dem kleinen, von Akten überfüllten Schreibtisch und blickte in den Monitor.

„Scusa. Ich suche Commissario Botatzi."

Die Schwester blickte nicht auf, sondern zeigte stumm in Richtung des Zimmers am Ende des Flures.

Ohne ein Wort ging di Gallo zu dem Zimmer. Die Tür war nur angelehnt. Er stieß sie auf. Botatzi saß in seinem Sessel in der Ecke. Sein Kopf lag auf der

Brust. Ein leises Schnarchen war zu hören. Di Gallo räusperte sich.

Botatzi grunzte und öffnete die Augen.

„Sergente! Sie hier? Schickt Sie der Besen?"

Di Gallo grinste, wurde aber direkt wieder ernst.

„Commissario. Wann kommen Sie zurück?"

Botatzi erhob sich und streckte sich. Er drehte sich zum Fenster und blickte hinaus.

„Ich komme erst zurück, wenn ich den Kerl gefunden habe, der das hier Schifferle angetan hat."

„Den finden Sie aber nicht Commissario, indem Sie hier Tag und Nacht rumsitzen und nicht zum Dienst erscheinen. Die Dottoressa ist kurz davor, Sie rauszuschmeißen."

„Soll Sie doch. Ich habe keine Lust mehr auf diesen Laden und auf diesen Besen erst recht nicht mehr. Zu lange habe ich mir von ihr mein Leben diktieren lassen."

Di Gallo stand noch immer teilnahmslos an der Tür. Botatzi hatte sich mittlerweile umgedreht und schaute den Segente an.

„Aber das kann doch nicht ihr Ziel sein, Commissario. Das sind Sie nicht. Kommen Sie aus ihrer Lethargie raus. Sie helfen Schifferle nicht, indem Sie Tag für Tag hier sitzen und auf eine Besserung warten. Gehen Sie raus und suchen Sie den, der ihm das angetan hat. Oder glauben Sie, der Täter kommt her?"

„Was wissen Sie denn schon, Sergente? Schauen Sie ihn an! Er liegt hier seit Wochen und kämpft um sein

Leben. Ein Leben, das irgend so ein Mistkerl versucht hat auszulöschen. Und keiner weiß, warum."

Dann gehen Sie da raus und versuchen Sie es herauszufinden. So wie Sie in der Vergangenheit schon viele ihrer Fälle gelöst haben.

Ich kann mir nicht vorstellen, dass Schifferle genau das hier will."

Botatzi schaute den Sergente mit finsterem Blick an.

„Commissario! Machen Sie einfach, was Sie für richtig erachten. Sie lassen sich sowieso nicht helfen."

Di Gallo hielt einen Umschlag hoch, legte ihn auf den kleinen Tisch am Eingang und verließ ohne ein weiteres Wort das Zimmer. Botatzi sank müde in den Sessel.

Dann jedoch erhob er sich und ging zu dem kleinen Tisch, auf dem der Umschlag lag. Botatzi nahm ihn und öffnete ihn. In ihm waren Kopien. Kopien, die Stunden zuvor aus Mailand kamen und Informationen, auch über die Vorfälle in der Villa Rosa in Garda, beinhalteten. Botatzi überflog die Papiere.

17

Gar nicht weit entfernt, lag Don Mario ebenfalls noch immer auf der Intensivstation. Im etwa 160 Kilometer entfernten Mailand hatte man eigens für ihn eine ganze Etage abgesperrt. Nicht etwa wegen seiner Nähe zur Mafia, sondern mehr wegen den ungeklärten Umständen.

Eine abgestellte Einheit der Polizia bewachte ihn rund um die Uhr.

Don Mario hatte es schlimm erwischt. Ein besonders schwerer Schlaganfall und die Tatsache, dass er viel zu spät gefunden wurde. Don Mario war ans Bett gefesselt. Zwar gaben die Ärzte vorsichtige Entwarnung, aber ganz über dem Berg war der Mafiosi noch lange nicht.

Sein Sprachsystem war zum gegenwärtigen Zeitpunkt nicht oder nur sehr eingeschränkt vorhanden. Ob es jemals wieder funktionieren würde, konnten die Ärzte noch nicht abschließend sagen. Eine halbseitige Lähmung und der Verlust großer Teile seines Gedächtnisses kamen hinzu. Beatmet wurde er über einen Schlauch direkt über die Luftröhre. Eine Magensonde ernährte ihn.

Das fortgeschrittene Alter von Don Mario verlangsamte den Heilungsprozess zusätzlich.

Das Krankenhaus hatte alles in Bewegung gesetzt, um einen ganzen Trakt für eine Person zur Verfügung zu stellen. Dafür wurden in anderen Teilen des Krankenhauses diverse Abteilungen zusammengelegt, um die trotzdem benötigte Intensivstation zu betreiben.
Besonders schwere Fälle wurden jedoch kurzfristig in andere Krankenhäuser der Stadt verlegt.
Das Schwesternzimmer der Intensivstation diente als Zentrale. Hier standen mehrere Laptops und Drucker. An den beiden Eingängen waren jeweils Polizisten abgestellt, die jede ankommende Person kontrollierten, bevor sie die Station betreten durften. Selbst Ärzte und Pfleger mussten sich immer wieder dieser Prozedur unterwerfen.

In der Verwaltung des Krankenhauses herrschte helle Aufregung. Man wollte so schnell wie nur irgend möglich wieder zum Normalbetrieb übergehen.
Jedoch sah das der Leiter der Kriminalpolizei etwas anders. Er wollte so lange wie notwendig den Trakt im Krankenhaus zweckentfremden. Dafür hatte er bereits mit Rom telefoniert und sich die nötigen Genehmigungen auf dem kleinen Dienstweg geholt.
Dagegen war der Leiter des Krankenhauses machtlos. In Rom zählte das Argument Sicherheit mehr als die dem Tode geweihten Patienten, die ebenso in einem anderen Krankenhaus auf das Ende warten konnten.
„Signore Staatssekretär. Wissen Sie eigentlich, was Ihr Ministerium hier genehmigt hat? Einen ganzen Inten-

sivtrakt des größten Krankenhauses von Mailand mit nur einem Patienten zu belegen ist wirtschaftlich gesehen eine Bankrotterklärung."

Es knackte in der Leitung.

„Signore Professor, verstehen Sie doch bitte. Es ist nicht meine Intention, ihre Einrichtung zu ruinieren. Der Staat wird selbstverständlich für den Verdienstausfall aufkommen, der Ihnen entsteht."

Der Professor schlug verärgert auf die Tischplatte.

„Hören Sie! Es interessiert mich nicht, was ihr Ministerium will. Ich habe einen Eid geschworen. Den Eid, Menschenleben zu retten und zu erhalten, egal wie ausweglos die Situation auch ist. Diese sinnlose Ressourcenverschwendung wird uns irgendwann einmal ganz teuer zu stehen kommen. Oder glauben Sie, dass sich das Gesundheitsministerium daran erinnert, dass in meinem Krankenhaus eine Spezialoperation stattfand und deshalb eine ganze Intensivstation mit nur einem Patienten belegt war? Ich glaube nein und da können Sie sicher sein, weder Sie noch Ihr Ministerium kann sich dann an diese Sache hier erinnern. Weil das hier mit Sicherheit in keinem Bericht auftaucht."

Der Professor knallte den Hörer auf, stand auf und ging zu seinem Schrank. Er öffnete ihn, holte eine Flasche Whiskey raus und nahm einen großen Schluck.

Don Mario lag regungslos in seinem Bett. Die Geräte um ihn herum piepsten gleichmäßig. Das Einzige, was sich momentan ohne fremde Hilfe an ihm bewegen konnte, waren seine Augen. Er war alt, aber seine Augen noch immer hellwach. Und momentan das einzig Lebendige an ihm. Don Mario suchte den Raum ab. Sein Sichtfeld war sehr eingeschränkt. Da er keine Gewalt über seinen Körper hatte, konnte er weder den Kopf noch sonst einen Teil seines Körpers bewegen. Don Mario versuchte krampfhaft, mehr zu sehen als die Decke und die Geräte um ihn herum.

Der alte Pate hatte das Gefühl für Zeit verloren. Ein Tag war für ihn wie eine Woche. Er sehnte sich täglich nach der Infusion, die ihn schlafen ließ und verfluchte den Moment als er von ihr wieder aufwachte.

Die Schwester, die Don Mario täglich wusch und anzog, wäre auf seinem Anwesen mit ganz anderen Dingen beschäftigt gewesen. Dort hätte sie ihn sicherlich nicht pflegen müssen. Vielmehr hätte er sie mit allem verwöhnt.

Aber er lag nur in seinem unbequemen Krankenhausbett mit all den Schläuchen und Kabeln und ließ die tägliche Prozedur über sich ergehen.

18

Susanna Luca saß zusammengesunken an ihrem Schreibtisch. Auf dem Bildschirm war das Entlassungsschreiben für Commissario Stefano Botatzi.

Das Gesuch an das Innenministerium war fertig. Die Dottoressa musste nur noch den Button drücken.

Aber sie zögerte.

Gedankenverloren und leer blickte sie auf den Bildschirm. Im Spam-Ordner befand sich eine Nachricht. Sie wollte den Inhalt des Ordners schon löschen.

Die Mail war von der Polizia in Mailand. Adressiert an Sie und an Commissario Botatzi.

Sie öffnete die Mail und überflog sie. Warum sie im Spam-Ordner einging, wusste sie nicht. Der Absender war bekannt und stand in der Liste der Adressen des Ministeriums.

Von draußen hörte sie Schritte näherkommen. An ihrer Tür verstummten sie. Susanna Luca blickte erwartungsvoll zur Tür.

Es klopfte!

„Si, prego."

Ein Mann Anfang dreißig trat ein. Er hat seine mittellangen schwarzen Haare straff nach hinten gegelt. Die paar verbliebenen Locken standen ab.

Selbstsicher trat er an den Schreibtisch und blieb unmittelbar davor stehen. Er blickte auf Susanna Luca herab.

„Si, Signore…?"

„Mein Name ist Rani, Commissario Marcello Rani. Der Leiter dieser Dienststelle hat mich beim Ministerium angefordert. Wären Sie so freundlich und würden mich beim Vize-Questore anmelden?"

Susanna Luca stand auf. Sie blickte dem jungen Commissario ins Gesicht.

„Gehen Sie bitte nach draußen Commissario, schauen Sie dort auf das Türschild und kommen dann wieder rein. Und dann stellen Sie Ihre Frage noch einmal."

Marcello Rani grinste und verließ das Büro. Als er Sekunden später wieder eintrat, war sein Grinsen verschwunden. Peinlich blickte er zu Boden. Diesmal blieb er mit einigem Abstand vor dem Schreibtisch stehen.

„Si, Signore…?"

„Mein Name ist Rani, Commissario Marcello Rani. Sie haben mich beim Ministerium angefordert, Dottoressa Luca."

Jetzt war es Susanna Luca, die grinste.

„Benvenuti, Commissario Rani. Prego, nehmen Sie doch Platz."

Rani setzte sich etwas schüchtern auf den Stuhl. Auch die Vize-Questore nahm wieder Platz. Noch immer blickte sie den Mann an. Und noch immer hatte sie ein leichtes Grinsen im Gesicht.

„Bitte berichtigen Sie mich, aber vorhin waren Sie nicht so zurückhaltend, Commissario. Ist etwas passiert, als sie draußen waren?"

Rani schüttelte mit dem Kopf.

„Scusa, Signora Dottoressa Luca. Ich… Ich war wohl etwas überheblich."

Susanna Luca winkte ab. Sie öffnete die Schublade und holte zwei Gläser und eine Likörflasche heraus.

„Auch einen, Commissario?"

Erschrocken blickte er erst auf die Flasche und dann zur Vize-Questore und schüttelte hastig mit dem Kopf.

„Gut, gut, dann bleibt mehr für mich."

Anstatt das zweite Glas wieder in die Schublade zu stellen, füllte sie kurzerhand beide Gläser randvoll und stellte die Flasche an den Monitor.

„Salute! Auf Sie, Commissario."

Sie prostete dem immer noch erschrockenen Rani zu und kippte beide Gläser hintereinander weg.

Dann stand sie auf, ging an das Sideboard und nahm die Akte, die dort lag. Sie warf sie Rani hin. Er nahm die Akte und öffnete sie.

„Ich trinke nicht Vize-Questore. Ich lebe überhaupt sehr gesund. Kein Fleisch, keine tierischen Produkte. Wenig Zucker, dafür aber Proteine, Vitamine und Eiweiß."

Angewidert schaute Susanna Luca zu dem jungen Commissario.

„Da war ihr Vorgänger aber ganz anders! Schaffen Sie das dann alles? Körperlich und geistig meine ich."

Marcello Rani machte Anstalten sich zu erklären. Er legte die Akte beiseite.

„Nun, Signora Dottoressa…"

„Gut, Commissario. Lassen Sie sich also nicht aufhalten. Bis morgen Mittag erwarte ich eine Zusammenfassung über den Inhalt der Akte."

Sie schaute wieder auf ihren Monitor. Rani schaute sie abermals erschrocken an.

„Ist noch was, Commissario?"

Susanna Luca schaute etwas genervt an ihrem Monitor vorbei. Marcello Rani schüttelte den Kopf und erhob sich. Mit einer leichten Verbeugung verließ er das Büro.

Die Vize-Questore blickte auf die Mail an das Ministerium. Kurzentschlossen klickte sie auf das Kreuz oben recht und löschte die Mail.

„Botatzi, bitte kommen Sie zurück!"

19

Der Camper von Ingolf hatte vor wenigen Sekunden die Abfahrt Affi erreicht. Hier stand er nun. Es staute sich mal wieder. Ingolf und Norman waren nicht die einzigen, die vorhatten an den südlichen Gardasee zu fahren. Vor ihnen standen gut ein Dutzend Camper, die alle versuchten, durch eine der wenigen engen Mautstationen zu kommen.

„Müssen wir unbedingt auf Fossalta? Wir können doch auch versuchen, ein Zimmer oder eine kleine Wohnung zu bekommen."

Ingolf schaute zu seinem Sohn und fing an zu lachen.

„Jetzt? Zu dieser Zeit? Weißt du was die Zimmer und Wohnungen jetzt kosten? Nein, nein, wir haben Fossalta reserviert. Da sind wir schon so oft zusammen gewesen. Und wir hatten dort immer sehr viel Spaß."

„Papa, ich bin doch keine zwölf mehr."

Ingolf nickte und fing an „Springen in die Nacht" zu pfeifen. Sie erreichten das Mauthäuschen. Ingolf zahlte und der Camper schob sich langsam durch den Kreisel in Richtung Lago di Garda. Zusammen mit den vielen anderen Fahrzeugen.

Norman versuchte es noch einmal.

„Wir könnten doch Paolo fragen."

Ingolf schüttelte den Kopf.

„Nein, mein Sohn. Das machen wir nicht. Er weiß nämlich noch gar nicht, dass wir hier sind. Das wird eine Überraschung."

Norman schaute seinen Vater geschockt an.

„Aber ich dachte, du… Ich dachte du hättest alles abgesprochen! Was ist mit der Crew? Weiß die etwa auch von nichts?"

Ingolf schüttelte mit dem Kopf. Er musste stark abbremsen. Vor ihnen staute es sich mal wieder.

„Nein, die wissen Bescheid und werden morgen hier ankommen. Bis dahin machen wir es uns auf Fossalta gemütlich. Ich hole noch Limoncello bei Morelli und hinten ist noch Vino von Vincenzi."

Ingolf musste lachen und auch Norman konnte sich ein Lachen nicht mehr verkneifen.

„Du schaffst es auch immer wieder. Also los! Auf zu Fossalta."

Nach dem geplanten Halt bei Morelli hielt Ingolf wenig später an der Schranke von Camping Fossalta. Freudestrahlend stieg er aus und ging zur Rezeption. Kurz darauf kam er wieder raus, setzte sich in seinen Camper und fuhr durch die geöffnete Schranke. Wie immer hatte er diesen einen Platz direkt am Ufer.

Zwei Stunden später, nach Pizza und Pasta, saßen beide auf Stühlen vor dem Camper. Auf dem Tisch stand der besagte Limoncello von Morelli und Wein von Vincenzi.

Beide schauten auf den See. Die Sonne war gerade dabei, langsam unterzugehen. Die Boote waren alle verschwunden und der See lag ruhig vor ihnen.

„So, nun aber mal raus mit der Sprache. Wie hast du dir die nächsten Tage vorgestellt?"

Ingolf sah seinen Sohn an. Er nahm die Flasche Vincenzi und schenkte nach. Dann nahm er einen Schluck und blickte wieder auf den See.

„Wie ich schon vor Tagen zu Hause sagte, wir verbringen hier ein paar chillige Tage auf Fossalta und machen hier und da ein paar Aufnahmen. Ich dachte da an die Villa Rosa, vielleicht noch auf einem kleinen Boot, sowie in Bardolino, Garda und Punta San Vigilio."

„Keine Aufnahme hier auf Fossalta oder in Lazise? Und wann willst du in die Villa Rosa? Paolo wird durchdrehen, wenn wir wieder vor ihm stehen. Und wenn er dann auch noch weiß, dass wir ein Musikvideo drehen, wird ihn der Schlag treffen."

Ingolf grinste.

„Ich habe ehrlich gesagt keinen Plan, wo und wann wir was drehen. Morgen kommt die Crew und wir fangen ganz gechillt hier an. Wenn dir eine Location gefällt, halten wir und drehen."

Norman nickte und nahm einen Schluck vom Wein. Die Sonne war mittlerweile untergegangen. Norman nahm seine schwarze Gitarre und stimmte Rosa Elefanten an.

„Ich denke, das ist ein guter Plan, eigentlich keinen zu haben. Da haben wir immer die besten Ideen und die schönsten Momente gehabt."

Ingolf nahm sein Glas.

„Das hast du schön gesagt. Darauf sollten wir anstoßen."

Norman und Ingolf prosteten sich zu.

Ingolf war schon früh wach. Er ging nach draußen. Der Himmel war blau und die Sonne strahlte über den See. Er blickte sich um, dann fiel er auf die Knie.

Ingolf blickte unter den Camper. Keine Leiche! Erleichtert stand er wieder auf.

„Ein Tag ohne Leiche unter dem Camper ist ein guter Tag."

Pfeifend öffnete er die Tür und ging wieder ins Innere. Norman war wach und schaute in sein Handy.

„Du hast jetzt nicht wirklich unter den Camper geschaut?"

„Nein. Ich war draußen und habe auf den See geschaut. Das Wetter ist einfach traumhaft."

Kurz darauf saßen beide vor dem Camper bei einer Tasse Kaffee. Norman hatte Croissants besorgt.

„Wann kommen sie?"

Ingolf schaute auf seine Uhr.

„Eigentlich sollten sie schon da sein. Ronnie hatte gestern Abend geschrieben, dass sie um Mitternacht los wollten."

20

Ein paar Kilometer weiter nördlich waren Silke und Uwe unterwegs an die Promenade nach Garda. Den ersten richtigen Tag am Lago wollten sie ruhig angehen. Daher hatten sie sich entschieden, Garda anzuschauen und Richtung Bardolino entlang der Promenade zu wandern.

Zurück wollten sie dann mit einem der Schiffe der Navigarda.

„Das ist einfach traumhaft schön hier. Ganz anders als der Norden."

Silke bekam glasige Augen und wusste gar nicht wo sie zuerst hinschauen sollte. Uwe nickte nur. Beide gingen eine schmale Gasse hinunter. Links war ein Geschäft mit Mützen. Ein paar Meter weiter kamen sie an der Vinoteca Delizia vorbei. Silke blieb stehen. Uwe hatte bereits an dem Ledergeschäft kurz zuvor Halt gemacht und schaute sich die Jacken an.

„Schade, dass man hier nicht sitzen kann!"

Silke blickte sich um. Uwe war weg. Er war in dem Ledergeschäft verschwunden.

„Si, naturlich Sie können sitzen da unten."

Eine Frau zeigte zu den Tischen an der Promenade und lächelte Silke an.

„Schatz, ich geh da unten zu den Tischen."

Uwe hörte sie nicht, er war in dem Ledergeschäft. Silke ging weiter, ohne auf ihn zu warten und nahm an einem der Tische an der Promenade Platz.

Kurz darauf stand Christian am Tisch.

„Prego."

„Una Aperol Spritz and una Coca Cola."

Christian nickte und entfernte sich. Uwe war noch immer in dem Ledergeschäft.

Christian brachte die Getränke. Silke wartete nicht, sondern nahm einen kräftigen Schluck von ihrem Aperol. Sie schloss die Augen und stöhnte wohlwollend auf.

Dann erblickte sie Uwe. Er kam die Gasse hinunter und hatte eine Tasche in der Hand.

„Ich konnte nicht widerstehen. Er stellte die Tasche auf den Boden und setzte sich.

Silke hatte noch immer das Glas in der Hand und zog abwesend an ihrem Strohhalm. Uwe schaute sie an und schnippte mit den Fingern.

„Hey, Schatz!"

Silke schreckte auf. Sie hatte noch immer den Strohhalm im Mund.

„Was! Was schaust du mich so an?"

Uwe grinste und nahm einen Schluck von seiner Cola.

„Du warst weg."

„Nein, ich war die ganze Zeit hier."

Uwe schüttelte den Kopf und machte eine kreisende Bewegung mit seinem Zeigefinger.

Christian stand etwas abseits und hatte alles beobachtet. Er grinste und schüttelte unmerklich mit
dem Kopf.

„Pazzo tedesco!"

Er ging zum Tisch der beiden.

„Tutto bene?"

Fragend schaute er Silke und Uwe an.

„Thank you."

Silke zückte ihre Geldbörse, winkte mit ihr und zahlte.
Kurz darauf machten sich beide auf und gingen die
Promenade in Richtung Bardolino.

Knapp einen Kilometer später blieben beide an einer
der Strandbars stehen. Eine Band spielte gerade
Zucchero. Silke schaute zu Uwe und der nickte nur.

Silke steuerte einen kleinen Tisch am Rande an. Von
hier hatten sie einen schönen Blick auf den See, sowie
auf die Band.

„Perfekt. Von hier haben wir die beste Sicht. Auf den
See und auf die Band."

Als die Bedienung kam, bestellten Sie einen Aperol
Spritz und eine Cola.

„Hier gibt es leider kein Bitburger Alkoholfrei. Aber
am Ortseingang habe ich heute im Internet recherchiert, gibt es ein Bistro, das PitStop heißt und da gibt
es wohl Bitburger. Aber Cola ist okay. Im Moment
jedenfalls."

Uwe unterstrich seine Feststellung mit einem Nicken
und blickte auf den See. Die Stimmung war ausgelassen. Am Nebentisch hatte ein älteres Pärchen aus

Southampton Platz genommen und so kamen sie recht schnell ins Gespräch.

Die Band spielte immer noch und Silke hatte sich einen weiteren Aperol bestellt. Die Sonne schien mit voller Wucht vom Himmel. Das englische Pärchen hatte bereits die dritte Flasche Rotwein auf dem Tisch. Aber es schien, als würden sie den Alkohol nicht merken.

Silke hingegen merkte ihren Aperol jetzt deutlich. Sie hatte, wie es so schön hieß „Wortfindungsstörungen". Uwe blickte sie amüsiert an. Er fand es süß, wenn seine Frau beschwipst war.

Das englische Pärchen bestellte eine weitere Flasche Wein.

Silke schaute mit zusammengekniffenen Augen hinaus auf den See. In einiger Entfernung fuhr ein Tretboot vorbei.

„Schatz, Schatz! Bitte, lass uns Tretboot fahren."

Uwe schüttelte den Kopf.

„Ich denke das ist keine gute Idee. Die Sonne. Die Hitze. Und der Aperol. Alles zusammen, keine gute Kombination, Schatz. Lass es uns morgen machen."

Silke schnaubte und war mit dem Vorschlag ihres Mannes so gar nicht einverstanden.

„Nö, ich möchte aber heute Tretboot fahren. Mir geht es gut, sehr gut."

Uwe ging zur Kasse und zahlte. Sie verabschiedeten sich von dem Pärchen und gingen weiter.

Nur knapp einhundert Meter weiter kamen sie zum Eingang von Camping Serenella. Ein großes Werbeschild stand am Weg. Tretboote, Bananenboote, Jetski!

Silke stieß ihren Uwe an. Der verdrehte die Augen, ohne dass Silke es sah. Dann gingen beide zu dem kleinen Häuschen auf dem Campingplatz. Knapp zehn Minuten später saßen Silke und Uwe in einem der gelben Tretboote und strampelten auf den See hinaus.

Die Sonne brannte noch immer vom Himmel und so ganz hatte der Aperol sich noch nicht verzogen. Ganz im Gegenteil! Das Wasser glitzerte und momentan ging auch kein Lüftchen. Silke wurde es etwas schwindelig. Sie klammerte sich an den Sitz und atmete mehrmals tief durch.

Uwe saß entspannt in seinem Sitz und ließ sich die Sonne auf den Bauch scheinen. Dass seine Frau gerade etwas mit dem Gleichgewicht kämpfte bekam er nicht mit. Das leichte Schaukeln und Plätschern des Wassers ließen ihn müde werden und so war es nicht verwunderlich, dass er unbemerkt einschlief.

21

Birgit Schnippel-Limbach stand vor Luigis kleinem Wagen. Ängstlich strich sie dem Auto über das Dach.

„Dann wollen wir beide mal nach Verona."

Wieder strich sie dem Wagen über das Dach. Dann nahm sie die Fernbedienung und öffnete ihn. Birgit atmete hörbar laut auf. Es war so, als wartete sie darauf, dass das kleine Auto sie aufforderte, einzusteigen.

„Schon gut, schon gut. Ich steige ja schon ein."

Birgit stieg ein und schloss die Tür. Da es nicht das neueste Model war, konnte sie nur mit Schlüssel starten. Zittrig steckte sie ihn ins Schloss und versuchte zu starten. Der Wagen jaulte auf und hüpfte über die Straße. Erschrocken ließ Birgit das Lenkrad los.

Dann fiel ihr ein, dass der Wagen ein Schaltgetriebe hatte. Sie stieg auf das Pedal und versuchte es erneut.

Der Wagen startete ohne Hüpfen und Jaulen. Allerdings hatte sie Probleme, den Gang einzulegen. Es knackte und kratzte und beim Losfahren gab sie zu viel Gas und zu wenig Kupplung. Der Motor heulte laut auf und ging kurz darauf ruckelnd aus.

Nach einigen Versuchen hatte sie es aber langsam raus und so schlängelte Birgit sich langsam den Berg hinunter Richtung See. Ziel war die Uniklinik in Verona.

Eine gefühlte Ewigkeit später erreichte sie die Gardesana. Unten am See war der Verkehr schon deutlich stärker als oben in Tignale. Ganze Autoschlangen drückten sich die enge Uferstraße entlang.

Es dauerte auch eine ganze Ewigkeit bis sich Birgit traute in den fließenden Verkehr einzureihen.

Ein Auto aus Deutschland ließ sie rein. Allerdings würgte sie vor Aufregung den Wagen wieder ab und hatte Mühe, ihn wieder zu starten.

Sehr zum Leidwesen der Verkehrsteilnehmer hinter ihr, die langsam ungehalten wurden und anfingen zu hupen.

„Schnippel-Limbach! Jetzt reiß dich endlich mal zusammen. Das ist nicht das erste Auto, was du fährst. Du stellst dich an wie eine Anfängerin."

Nach weiteren drei Versuchen hatte Birgit es geschafft und fuhr langsam in den Tunnel in Richtung Salò.

Mehrere Fahrzeuge, meist mit italienischen Kennzeichen, überholten Sie, hupten und waren wild gestikulierend am Schimpfen.

Kurz vor Gargnano hatte sie nur noch wenige Wagen hinter sich. Ein schwarzer Wagen mit getönten Scheiben und blendendem Licht fuhr immer wieder sehr dicht auf. In Schlangenlinie fuhr er hinter ihr her und kam immer wieder bis auf ihre Höhe. Das wiederholte sich mehrmals.

Birgit wurde nervös. Sie hatte feuchte Hände und ihre Knie zitterten. Sie hatte Mühe, konzentriert zu fahren und auf den Gegenverkehr zu achten.

Der schwarze Wagen kam wieder bedrohlich nah an sie heran, überholte sie und blieb auf gleicher Höhe neben ihr. Birgit schaute hinüber, konnte aber niemanden erkennen. Ein Auto kam ihnen entgegen und blinkte auf. Der schwarze Wagen gab Gas und drängte Birgit mit ihrem Wagen an die Tunnelwand. Sie verlor die Kontrolle und schrammte mit dem Wagen an der Wand entlang. Der Spiegel wurde abgerissen und auch die Seite des Wagens wurde so stark an die Wand gedrängt, dass Funken sprühten.

Der schwarze Wagen gab Gas und war Sekunden später verschwunden.

Birgit bremste. Der Wagen kam zum Stehen und es roch unangenehm verbrannt. Sie zitterte und fing an zu weinen. Ein anderer Wagen hielt und jemand stieg aus.

In Panik verschloss Birgit die Tür und fuhr mit quietschenden Reifen los.

Eine knappe Stunde später stellte sie den Wagen auf dem Parkplatz der Uniklinik in Verona ab.

All das Adrenalin hatte dafür gesorgt, dass sie ohne weitere Verzögerungen in Verona ankam.

Jetzt musste alles Angestaute raus. Sie kniete vor dem Wagen und heulte hemmungslos.

22

Zur gleichen Zeit ging eine Gruppe Wanderer, die in Tremosine gestartet waren, den serpentinenartigen Berg zur Santuario della Madonna di Montecastello hinauf.

Hierbei handelte es sich um eine Wallfahrtskirche aus dem 17. Jahrhundert in atemberaubender Lage auf etwa 700 Metern über dem Gardasee. Auf der Rückseite befindet sich ein Kloster, von dem ein Weg zum Gipfelkreuz hinaufführt. Aber nicht nur die Aussicht lockte immer wieder Wanderer und Touristen an. Die Kirche verfügt auch über einen eigenen Chor, der regelmäßig probt und Vorstellungen im Inneren der Kirche, sowie in der näheren Umgebung, gibt.

Die Gruppe Wanderer machte etwa auf dem letzten Drittel eine Rast. Hier waren ein paar Steinbänke und man hatte eine schöne Aussicht auf Tignale und das Tal.

Einer der Wanderer beugte sich über die kleine Steinmauer und blickte in die Büsche. Etwas schien ihn zu blenden. Er kniff die Augen zusammen. Der Wanderer ging etwas seitlich der Mauer und blickte wieder dahinter. Jetzt blendete nichts mehr und er erblickte mehrere schmale Hülsen aus Bronze oder Kupfer. Er kletterte über die Mauer, um sich das genauer anzuschauen.

„Hey, Achim, was machst du da? Musst du schon wieder pullern?"

Die anderen Wanderer lachten. Achim störte das allerdings nicht. Er war jetzt hinter der Mauer und kniete vor mehreren Hülsen. Sie sahen aus wie Patronen.

„Wolfgang, komm mal bitte. Hier liegen Patronenhülsen rum."

Ein älterer Mann mit weißem Vollbart beugte sich über die Mauer und blickte zu Achim und dem Fund auf dem Boden.

„Patronen. 5,56 mm schätze ich. Jedenfalls keine, die man so einfach im Handel bekommt. Mit einer Legierung aus Kupfer oder Bronze. In Deutschland sind die meldepflichtig."

Achim schaute abwechselnd die Patronen und dann Wolfgang an. Auch die anderen der Gruppe standen jetzt an der Mauer und blickten zu Achim und dem Fund.

„Wir sollten das melden."

Wolfgang holte sein Handy aus dem Rucksack und wählte die Nummer der Polizei.

„Dottoressa Luca, wir haben eben einen Anruf aus Tignale erhalten. Da hat eine Gruppe Wanderer Patronenhülsen in der Nähe der Wallfahrtskirche gefunden. Dort in der Nähe war doch vor wenigen Wochen dieser Anschlag auf diesen Restaurantbesitzer?"

Susanna Luca nahm den Hörer in die Hand und wählte die Nummer von di Gallo.

„Hören Sie, Sergente. Fahren Sie mit Commissario Rani nach Tignale zur Wallfahrtskirche. Dort hat man Patronenhülsen gefunden. Gehen Sie dem mal nach."

Eine knappe Stunde später fuhr di Gallo den Alfa Romeo die Serpentinen hinauf nach Tignale. Marcello Rani saß neben ihm und blickte aus dem Fenster. Beide Männer hatten sich momentan noch nicht viel zu sagen. Rani wusste erst seit einer Stunde von di Gallo.

„Sergente, sagen Sie bitte, um was es hier geht. Warum fahren wir hier herauf?"

Di Gallo konzentrierte sich auf den Verkehr. Ohne zur Seite zu blicken, fing er an zu erzählen.

„Es geht um einen möglichen Anschlag, der vor wenigen Wochen ganz in der Nähe passierte. Ihr Vorgänger und ich waren anwesend, als der Bekannte von Commissario Botatzi niedergeschossen wurde. Eine Zusammenfassung habe ich Ihnen auf den Rücksitz gelegt."

Rani drehte sich um und entdeckte den braunen Umschlag. Er griff danach und nahm die Dokumente heraus. Der Commissario überflog die Informationen.

Kurz darauf hielt der Alfa Romeo bei der Wandergruppe. Beide stiegen aus.

Achim und Wolfgang standen etwas abseits. Di Gallo sah die beiden Männer und ging direkt auf sie zu.

„Buongiorno. Sie haben uns angerufen?"

Achim nickte. Ohne etwas zu sagen, ging er mit dem Sergente und dem Commissario zu der Mauer, hinter der die Patronenhülsen lagen.

Di Gallos Blick ging nicht gleich zu den Hülsen. Vielmehr schaute er in die Ferne. Von dem Punkt aus konnte er nach Tignale schauen. Genauer gesagt zum Wohngebiet von Luigi Schifferle. Mit einem Zielfernrohr war es sicherlich möglich gewesen, Schifferle von dieser Stelle zu erschießen.

Di Gallo nahm seinen kleinen Schreibblock heraus und machte sich einige Notizen. Marcello Rani hatte sich die Patronenhülsen angeschaut.

„Wir sollten die Spurensicherung kommen lassen. Das sieht nicht nach gewöhnlicher Munition aus."

Di Gallo schaute sich die Fundstücke auch an und nickte. Dann nahm er sein Mobiltelefon und rief die Spurensicherung an.

Anschließend machte er von den Hülsen, als auch von dem Blick, ein paar Bilder und schickte sie an die Nummer von Botatzi.

Was dann kam, war gewöhnliche Polizeiarbeit bis zum Eintreffen der Spurensicherung. Beide nahmen die Daten der Wanderer auf, sowie deren Aussagen.

Mit Eintreffen der Kollegen, verließen di Gallo und Rani wieder den Ort und machten sich zurück in Richtung Questura.

Als sie dort wieder ankamen, vibrierte das Mobiltelefon von di Gallo.

„Grazie di cuore. Ich bin wieder der Alte!"
Di Gallo grinste und steckte sein Telefon wieder in
die Tasche.

23

Mit verheulten, geröteten Augen betrat Birgit das Foyer des Krankenhauses. Einige Anwesende, die ihr entgegenkamen, schauten sie verwundert und neugierig an. Den Kajal, den sie noch in Tignale aufgelegt hatte, war mittlerweile die Wangen hinuntergelaufen.

Mit dem Handrücken wischte sie sich über das Gesicht. Dies machte das ganze allerdings nicht besser. Ganz im Gegenteil. Das ganze Gesicht war nun mit Schatten und Striemen des Kajals durchzogen. Auch der wenige Lippenstift war verschmiert. Ein bisschen sah sie aus wie Batmans Joker. Dazu glänzte das Gesicht durch die feuchten Stellen.

Die Aufzugstür öffnete sich. Eine Gruppe trat ihr entgegen, erschrak aber im ersten Moment und ging wieder rückwärts in den Aufzug.

Jetzt erblickte sich Birgit auch erstmals im Spiegel und erschrak selbst.

Sie sah einfach grauenhaft aus. Kein Wunder, dass sie jeder anstarrte und erschrocken das Weite suchte.

Die Gruppe verließ tuschelnd den Aufzug und Birgit huschte hinein. Sie zog ein Taschentuch aus ihrer Tasche und versuchte, die Farbe der Schminke aus ihrem Gesicht zu bekommen.

Dies gelang ihr allerdings nur bedingt. Ein Schatten blieb.

Birgit stieg aus dem Fahrstuhl und ging wie so oft in den letzten Wochen zielstrebig auf die Intensivstation. In einem kleinen Raum zog sie sich um und wusch sich das Gesicht. Dann trat sie wieder auf den Flur. Die Schwestern und Pfleger der Station kannten sie bereits. Luigi Schifferle war derzeit der Patient mit der längsten Verweildauer auf der Station und momentan war noch nicht abzusehen, wie lange er noch hierbleiben würde.

„Ciao, Stefano. Tutto bene?"

Birgit betrat den Raum, in dem Luigi noch immer im Koma lag. Botatzi saß wie immer im kleinen Sessel in der Ecke.

„Ciao, Birgit. Si grazie."

Er stand auf und umarmte sie. Birgit blickte fragend zu Luigi.

„Keine Veränderung. Die Geräte piepsen ohne Unregelmäßigkeiten."

Birgit rang sich ein Lächeln ab und ging zu Luigi. Sie küsste ihn auf die Stirn. Dann stand sie einfach nur da und blickte ihn an. Wieder fing Birgit an zu weinen. Botatzi merkte es und ging zu ihr. Er nahm sie in den Arm.

„Ich bin auf dem Weg hierher von einem schwarzen Wagen bedrängt worden. In den Tunneln kurz vor Gargnano. Der Wagen hat mich an die Tunnelmauer gedrängt. Er ist dann auch weitergefahren. Mir ist zum Glück nichts passiert. Der Wagen hat ein paar

Schrammen und auch der Spiegel auf der Beifahrer-
seite ist kaputt."

Botatzi horchte auf.

„Schwarzes Fahrzeug sagtest du? Hast du das Kennzeichen erkennen können? Den Fahrer oder sonstige
Insassen gesehen?"

Birgit schüttelte den Kopf. Botatzi nahm den Umschlag vom Tisch und notierte sich ein paar Informationen. Dann nahm er sein Telefon und wählte die
Nummer von di Gallo. Nach dem fünften Freizeichen
hob er ab.

„Ciao, Sergente. Ich bin es, Botatzi. Hören Sie, Birgit
ist vorhin von einem schwarzen Fahrzeug kurz vor
Gargnano bedrängt worden. Schauen Sie doch mal, ob
Sie irgendwas im Computer finden können."

„Commissario. Ich bin momentan in einer Besprech-
ung und kann nicht sprechen. Versuchen Sie es doch
später einfach nochmal."

Damit beendete der Sergente das Gespräch wieder.
Botatzi schaute etwas irritiert auf sein Telefon und
fing sogleich aber an, di Gallo eine Nachricht zu
schreiben.

„Sergente, bitte prüfen Sie, ob es verdächtige
schwarze Fahrzeuge in der Datei gibt. Birgit wurde
von einem bedrängt. Vielleicht Mafia oder nur ein
Spinner. Melden Sie sich, wenn Sie Zeit haben.
Grazie, Botatzi."

Dann eröffnete der Commissario eine weitere Nachricht. Diesmal an Dottoressa Luca.

„Buongiorno, Signora Dottoressa. Ich bitte Sie, mich von meinem Dienst bis auf weiteres freizustellen. Meinen Dienstausweis werde ich Ihnen zusenden. Ich verzichte natürlich auf alle zukünftigen Zahlungen. Grazie, Botatzi."

Er legte das Telefon beiseite und ging wieder zu Birgit und Luigi. Sie hatte sich mittlerweile auf einen Stuhl gesetzt und hielt seine Hand.

„Ich habe mal gelesen, dass so etwas helfen soll. Reden und Berührungen! Er wird es schaffen. Luigi ist ein Kämpfer!"

Botatzi legte die Hand auf ihre Schulter.

„Ich muss los, Birgit. Pass auf dich auf. Und trau niemandem. Ich melde mich."

Birgit schaute verwundert zu Botatzi.

„Was hast du vor?"

„Das, was ich schon längst hätte tun sollen. Da hinaus gehen und den Kerl jagen, der für all das hier verantwortlich ist."

Ohne ein weiteres Wort verließ Botatzi das Zimmer.

Birgit hatte wieder Tränen in den Augen.

„Pass auf dich auf."

24

In der Villa Rosa drehte sich noch immer alles um die Esel.

Niemand vermisste die Vierbeiner. Sie besaßen auch keine Markierungen, mit denen man sie eindeutig zuordnen könnte. Rosa und Valeria waren alles andere als begeistert, dass die Tiere jetzt im Olivengarten bei den Sportplätzen waren. Überhaupt wollten beide die Esel lieber gestern als heute wieder aus der Anlage haben.

Aber da war ja noch Paolo, sowie Katharina Knall.

Paolo hatte gerade einen Ballen Stroh und Heu bei einem Bauern aus Colà geordert. In einer knappen Stunde wollte dieser liefern. Valeria war außer sich und hatte bereits in guter italienischer Manier zwei Teller durch die Küche des Kyosk One gefeuert, gefolgt von einigen lauten italienischen Flüchen.

Katharina Knall saß auf der Wiese bei den Eseln. Sie hatte ihre Yogadecke ausgebreitet und war am Meditieren.

Jeder Esel hatte Minuten zuvor von ihr einen Namen bekommen. Dazu hatte Katharina jeden Esel fotografiert und die Bilddatei mit einem Namen versehen.

Ab sofort waren es nicht nur einfach Esel, sondern Kalimero, Ado, Ottilie, Lando und Paolo der II.

Familie Reinecke saß am Pool und hatte von der Eselzeremonie nichts mitbekommen. Dafür aber von der Valeria-Show. Mariella stand noch immer mit offenem Mund und großen Augen am Pool und schaute zum Kyosk One hinüber. Dort war Valeria noch immer laut am schimpfen.

Auf den Nebenliegen waren Mandy, Hasan und Jaqueline gerade dabei, die Handtücher auszubreiten.

„Herrlich, wie bei uns zu Hause. Da ist auch immer so eine aufgeheizte Stimmung in der Nachbarschaft. Meist endet das allerdings mit Polizei und Krankenwagen."

Mandy schaute zu ihrer Mutter.

„Mutter, bitte. Du tust ja gerade so, als kämen wir aus der schlimmsten Wohngegend. Das Mädchen schaut schon ganz ängstlich."

Mandy zeigte zur keinen Mariella, die jetzt nicht mehr zum Kyosk One blickte, sondern zu den dreien.

„Was heißt hier Mutter, bitte. Das ist die Wahrheit. Wir hatten in den vergangenen Monaten mehrere solche Fälle und oftmals reichte der Krankenwagen nicht mehr aus. Da kam dann das letzte Geleit mit schwarzem Frack und Zinnkiste und holte nur noch ab."

Felix und Stefanie blickten jetzt ebenfalls erschrocken zu den dreien.

„Entschuldigen Sie bitte. Aber müssen Sie so reden im Beisein eines kleinen Kindes?"

Jaqueline schaute jetzt zu der Familie hinüber. Etwas pikiert rümpfte sie die Nase.

„Kinder können gar nicht früh genug von den unschönen Dingen dieser Welt erfahren. Es ist nicht alles wie im Märchenbuch. Das hat man uns damals in der DDR bereits beigebracht und bei uns war alles noch viel besser und gesitteter als zur heutigen Zeit. Aber da gab es ja damals schon diese ganzen Geschichten aus dem Westen."

Jaqueline verdrehte die Augen und wendete sich ab. Sie hatte auf diese Art von Unterhaltung keine Lust. Felix und Stefanie auch nicht. Sie standen auf und nahmen die Liegen auf der anderen Seite.

Hasan saß auf seiner Liege und hatte gerade die halbe Tube Sonnencreme auf seinem Oberkörper verteilt. Noch immer war er am Reiben. Hasan hatte etwas zu viel genommen und hatte jetzt Mühe alles so zu verteilen, dass sein Körper nicht wie eine Sahnetorte aussah.

„Törbe Törbe! Ich seh aus wie eine Sahnetorte."

„Aber wie eine geile, mein Schatz."

Mandy zwinkerte Hasan zu. Dieser grinste und versuchte immer noch, die Sonnencreme zu verteilen.

„Willst du was davon haben?"

Mandy schaute etwas irritiert.

„Naja, du kommst zu mir und wir reiben uns aneinander."

Mandy wurde rot und Jaqueline, die gerade die Flasche Wasser angesetzt hatte, verschluckte sich und musste husten.

„Aber Honey! Jetzt und hier? Du machst mich ganz wild."

Jaqueline musste noch immer husten. Als sie sich beruhigt hatte, schaute sie schockiert zu ihrer Tochter und Hasan.

„Nu, jetzt ist aber gut. Keine Ferkeleien hier am Pool. Du weißt doch noch was damals passierte als du hier am Pool…"

Jaqueline schaute ihre Tochter mit finsterem Blick an.

„Mutti, ist doch damals alles gut gegangen. Außerdem wäre ja jetzt genug Creme im Spiel."

Mandy musste grinsen. Hasan schaute beide nur ahnungslos an.

„Was…?"

„Ach nichts, Honey. Meine Mutter hat mal wieder andere Fantasien als wir."

„Du meinst noch krasser als unsere?"

Mandy verdrehte die Augen und ging zum Kyosk One.

Stefanie und Felix hatten sich auf der anderen Seite des Pools niedergelassen. Mariella saß zwischen den beiden Liegen und spielte mit ihrem Stofftier.

„Das war aber eine ganz unsympathische Person."

„Das war noch eine, die dem Erich hinterhertrauert und am liebsten alles wieder rückgängig machen würde. Und damals sicherlich zweimal über die Grenze gefahren ist und die 100 Mark kassiert hat."

„Felix, bitte. Rede nicht so!"

Beleidigt stand er auf und ging zum Kyosk One hinüber.

„Ein Bier, piccola."

Barbara nickte.

„Flasche oder gezapft?"

„Flasche."

Felix wandte sich wieder ab und ging zurück zum Platz.

„Danke, dass du mir auch was bestellt hast."

„Habe ich doch gar nicht!"

„Deshalb danke, du Witzbold!"

Katharina Knall hatte ihre Meditation beendet und stand jetzt inmitten der Esel. Sie machte mit jedem einzelnen ein Selfie.

Kalimero hatte es ihr besonders angetan. Sie umarmte und knuddelte ihn. Seine Ohren waren besonders ausgeprägt. Sie waren ziemlich groß und mit seinen dunklen Augen schaute er sie ganz treu an.

Katharina rollte ihre Yogadecke zusammen und stellte sie gegen einen der Olivenbäume. Ihr Telefon klingelte.

„Oh! Hallo Frau Hildenbrandt-Süper. Hören Sie, das ist jetzt wirklich ganz schlecht. Ich bin gerade in Italien. Können wir vielleicht einen Termin vereinbaren? Sagen wir, in zwei Wochen? Ich würde Ihnen die Vorschläge zukommen lassen."

Katharina Knall hörte aufmerksam zu. Immer wieder nickte sie, während sie die Ohren von Kalimero massierte.

„Aber sicher doch Frau Hildenbrandt-Süper. Gar kein Problem. Wir werden dann natürlich auch nochmal über die Stimmen reden, die Sie ständig hören."

Sekunden später war das Telefonat beendet und Katharina konnte sich wieder voll und ganz den Eseln widmen.

Ganz andere Sorgen hatte Paolo. Er war in seinem Büro. Dort hatte er sich zurückgezogen, nachdem Valeria wegen den Eseln die Fassung verloren hatte.

Aber was sollte er machen? Schließlich waren sie hilflos und die Villa Rosa war ein Betrieb für Übernachtungsmöglichkeiten. Und nirgendswo war vermerkt, dass Tiere dies nicht nutzen durften.

Und es war ja auch nicht für immer. Jedenfalls ging er davon aus.

Sein Telefon klingelte. Auf dem Display leuchtete Claudia auf. Er ging ran.

„Ciao, Claudia. Wie geht es dir?"

„Ciao, Paolo. Entschuldige die Störung. Hast du vielleicht noch was frei? Sooooo... ab morgen?"

Paolo bekam große Augen. Er öffnete den Kalender auf seinem Computer.

„Si, warte. Ich prufe."

„Für zwei Personen, bitte. Ich würde diesmal mit einer Freundin kommen."

Claudia hörte die Tastatur. Paolo tippte wild auf ihr herum.

„34 nicht frei. Wenn in Ordnung, ich kann dir geben andere Wohnung. Wie lang brauchst du?"

„Das macht gar nichts. Hauptsache du hast noch was frei. Eine Woche, wenn möglich also bis nächsten Samstag. Ist diesmal wirklich sehr kurzfristig."

„Keine Problem. Soll ich reservieren?"

„Sehr gerne. Wir kommen dann morgen an. Diesmal kommen wir mit dem Flieger. Wir landen in Verona. Bis morgen."

Paolo legte auf und erfasste die Buchung von Claudia.

25

Botatzi saß in seinem Wagen und fuhr gerade die Via Lungolago Giuseppe Garibaldi in Peschiera del Garda entlang. Der Verkehr staute sich. Das war an dieser Stelle jedoch keine Seltenheit. Es gab nur wenige Tage, an denen es sich hier nicht staute.

Botatzi wählte die Nummer von di Gallo. Nach dem dritten Freizeichen hob er ab.

„Ciao, Commissario, oder soll ich sagen Signore Botatzi?"

„Ciao, Sergente. Das können Sie sich aussuchen. Ich bin da nicht nachtragend. Sie haben es also schon mitbekommen?"

„Natürlich. Sie hat alle direkt informiert. Aber musste das wirklich sein? Wollen Sie wirklich alles hinschmeißen?"

Es war still. Niemand sagte etwas.

„Ich habe nicht hingeschmissen. Ich habe um Freistellung gebeten. Also nur um einen vorübergehenden Abschied."

Botatzi bremste hart, betätigte die Hupe und sagte etwas unverständliches aus dem offenen Fenster.

„Scusa, Sergente. Ich musste kurz etwas klären."

„Was haben Sie vor, Commissario? Und was kann ich für Sie tun?"

Botatzi fuhr rechts ran und stellte den Motor ab.

„Ich werde diesen Mistkerl finden, der Luigi so zugerichtet hat. Und von Ihnen brauche ich Informationen. Informationen über Mailand, Informationen über diesen Alfredo und den Umschlag und natürlich über die Ergebnisse der Untersuchung in Tignale."

Es war wieder still. Nur das Atmen von di Gallo war zu hören.

„Commissario, Sie wissen, dass ich Ihnen eigentlich keine Auskunft mehr geben darf. Eigentlich! Aber egal. Lassen Sie mich nachschauen, was ich alles aus dem Computer rausholen kann. Ich melde mich bei Ihnen."

„Grazie mille, Sergente. Seien Sie vorsichtig!"

Dann legten beide auf und Botatzi setzte seine Fahrt fort. Vorbei am Gardaland und Movieland fuhr er wenig später durch Lazise. Hier machte er einen kurzen Halt und genehmigte sich bei der La Pacheca Rock Bar einen Espresso, sowie einen Grappa.

Botatzi hatte sich in den letzten Jahren ein gutes Polster angespart, so dass er jetzt ohne Bauchschmerzen und finanziellen Engpass den Dienst quittieren konnte. Eigentlich war das Geld mal für später gedacht, wenn er in Pension war. Er wollte sich davon ein Boot kaufen und über die Meere schippern.

Aber wer weiß, was bis dahin war und ob er dazu überhaupt einmal im Stande sein würde.

Botatzi fuhr weiter. Sein Weg führte ihn nach Garda. Er parkte den Wagen auf dem großen Parkplatz am Busbahnhof und ging die via Carlo Gnocchi hinauf.

Vorbei an der Residence Doria und der Schule bis er irgendwann vor der Residence Villa Rosa stand. Er schaute verstohlen in die Einfahrt. Dann gab er sich einen Ruck und ging hinein.

Er schaute am Büro hinein und auch im Shop. Beides war verlassen. Am Pool tummelten sich einige Gäste. Einige saßen am Kyosk One.

Er wollte schon wieder gehen, da stand Paolo plötzlich vor ihm.

„Commissario! Was machen Sie schon wieder hier? Wer hat sich jetzt wieder beschwert?"

Ein gequältes Lächeln huschte über Botatzis Gesicht.

„Ich bin privat hier, Signore Bertamè. Sozusagen als Gast!"

Paolo schaute ihn etwas misstrauisch und fragend an.

„Haben Sie noch was frei? Ich würde gerne ein paar Tage entspannen und ich dachte mir... Naja, wir hatten, sagen wir mal so, wir hatten ein nicht so gutes Verhältnis in den letzten Monaten. Vielleicht können wir das mit einem Aufenthalt wieder etwas aufbessern."

Wieder versuchte Botatzi das Ganze mit einem Lächeln harmonischer zu gestalten.

„Commissario, Sie wollen also unser Verhältnis mit einem Aufenthalt hier in der Villa Rosa verbessern! Vielleicht habe ich gar nichts mehr frei?"

Botatzi blickte sich um.

„Auf dem Parkplatz stehen 15, sagen wir vielleicht 20 Autos. Viele der Parkschilder liegen seitlich an der

124

Treppe zur Heizung. Auch wenn im oberen Teil noch das ein oder andere Auto steht, kommen dort niemals nochmals gut zwanzig Wohnungen zusammen. Also Signore Bertamè, geben Sie sich einen Ruck und geben Sie mir eine Wohnung."

Botatzi grinste und hielt ihm seinen Ausweis hin.

„Ich geh dann schon mal zum Kyosk One."

Damit ließ Botatzi Paolo stehen und ging hinüber. Dieser nahm den Ausweis und verschwand kopfschüttelnd im Büro.

Botatzi setzte sich an einen der freien Tische im hinteren Teil. Schräg vor ihm saß ein Mann, der eigentlich so gar nicht in diese Anlage passte. Er trug einen dunklen Anzug und auch sonst sah er nicht gerade wie ein Urlauber aus.

Gut, Botatzi war jetzt auch nicht gerade gekleidet wie ein Urlauber, aber mit Jeans und T-Shirt jedenfalls unauffälliger als dieser Herr.

Er beobachtete ihn noch eine Weile, ließ seinen Blick aber auch über die Anlage schweifen.

Barbara hatte ihm ein Bier gebracht und Botatzi nahm einen Schluck. Vom Pool her kamen ein Mann und zwei Frauen auf ihn zu. Sein Blick fiel direkt auf die ältere der beiden. Auch sie schien Botatzi entdeckt zu haben. Verlegen schaute sie nach unten.

Die drei gingen an ihm vorbei und nahmen etwas entfernt an einem Tisch in seinem Rücken Platz. Barbara ging zu ihnen und er vernahm die Namen. Hasan, Mandy und Jaqueline!

„Eine bunte Mischung!"

Botatzi musste bei diesem Gedanken grinsen. Er nahm einen weiteren Schluck von seinem Bier.

Kurz darauf stand Paolo bei ihm und übergab ihm den Umschlag mit seinem Ausweis, dem Schlüssel, sowie einigen Informationen.

„Hören Sie, wo kann man sich hier etwas passendes zum Anziehen kaufen?"

Paolo musste grinsen. Eine halbe Stunde später kam er wieder zurück mit einer großen Tasche. In ihr waren einige T-Shirts aus dem Shop, die Botatzi kurz zuvor anprobiert hatte.

„Alles andere können Sie in Affi oder Costermano kaufen."

Paolo stellte ihm die Tasche hin und ging zum Tresen. Botatzi nahm sie und verschwand in seinem Apartment. Der zwielichtige Gast im Anzug hatte bereits Minuten zuvor den Kyosk One verlassen. Er stand jetzt etwas abseits und beobachtete Paolo, sowie Botatzi.

26

Der Verkehr auf dem See nahm so langsam ab. Nur noch vereinzelt fuhren Boote. Auch die Navigarda hatte den Großteil ihres Fahrplans für den heutigen Tag bereits erledigt.

Die Sonne hatte noch immer Kraft und schien weiterhin vom wolkenlosen Himmel auf den See. Genau auf diesem trieb noch immer das Tretboot von Silke und Uwe.

Beide waren eingeschlafen. Das Boot müsste eigentlich seit mehr als zwei Stunden zurück am Camping Serenella sein. Silke hatte sich noch nicht ganz an die Mischung aus Sonne und Aperol Spritz gewöhnt. Bei Uwe war es einfach nur noch Müdigkeit, die immer noch in seinen Knochen steckte, nach der langen Fahrt auf dem Motorrad.

Die beiden wurden etwa zur gleichen Zeit wach, als sie unsanft von einem dumpfen harten Gegenstand angestoßen wurden. Erst sanft, aber als das nichts nutzte, fester. Uwe öffnete als erster die Augen. Er hatte gerade nicht den leisesten Schimmer, wo sie überhaupt waren. Stattdessen blickte er in das Gesicht eines etwa achtzigjährigen Fischers. Während Uwe ruhig blieb, geriet Silke in Panik. Das Tretboot schaukelte leicht und immer wieder schwappte eine Welle auf das Boot. Der Fischer grinste und paffte eine dicke Zigarre. Den Rauch blies er immer wieder in die Richtung von Uwe und Silke.

„Wo sind wir?"

Uwe schaute seine Frau ungläubig an. Sein Blick wanderte über den See.

„Du weißt nicht, wo wir sind? Schau dich um! Vielleicht kommst du selbst drauf."

Silke bewegte sich hektisch. Das kleine Tretboot schwankte bedrohlich und sie hatte Mühe das Gleichgewicht zu halten.

„Buona sera, Signora è Signore. Tutte bene?"

Beide schauten panisch den alten Mann an. Dieser lächelte und dampfte wie eine alte Lokomotive.

„Ciao. Wo ist Garda?"

Der Alte schaute Uwe an und zuckte mit den Schultern.

„Er weiß es nicht! Oh mein Gott. Wer weiß, wohin wir getrieben sind."

„Jetzt beruhig dich doch, Schatz. Vielleicht hat er uns einfach nicht verstanden."

Beide diskutierten und merkten gar nicht, dass sich der Fischer samt Boot einfach wieder entfernte.

„Signore… Wo ist er hin?"

Silke schaute sich um. Hektisch drehte sie sich. Das Tretboot fing wieder an, unkontrolliert zu schaukeln. Uwe versuchte das Boot zu stabilisieren, indem er seine Frau festhielt.

Vom Ufer näherte sich ein weiteres Boot. Diesmal war es allerdings kein Fischerboot. Als es näher kam, konnte man den Schriftzug von Camping Serenella am Bug erkennen.

Der junge Mann sagte kein Wort, sondern nahm das Tretboot nur in Schlepptau.

Als beide am Ufer ankamen, wurden sie bereits erwartet. Man war nicht sonderlich begeistert, dass die beiden so lange draußen waren, aber niemand sagte etwas. Uwe zückte seinen Geldbeutel und zahlte den Mehrbetrag inklusive eines fetten Trinkgeldes.

Dann gingen beide zurück Richtung Garda. So langsam wurde es dämmrig.

Als Uwe auf die Uhr blickte, erschrak er.

„Wir waren über drei Stunden auf dem See."

„Das hätte ich dir auch sagen können. Du hast doch vorhin zwei weitere Stunden nachbezahlt."

Beide gingen den Rest der Strecke stumm nebeneinander her. Eine knappe Stunde später waren sie wieder in der Villa Rosa. Ohne Abendessen verschwanden sie in ihrem Apartment. Wenig später hörte man nur noch das leise Schnarchen der beiden.

27

Ingolf hatte sich über den Campingplatz zwei Roller gemietet. Einen für ihn und einen für Norman. Es waren beide keine „Sei". Leider hatte die Firma aus Lazise auch nur noch rosafarbene Vespas zur Verfügung. Als Ingolf und Norman das sahen, mussten sie erst einmal tief durchatmen. Aber schon Minuten später war Ingolf begeistert.

„Komm, Norman, wir machen ein Bild zusammen mit den Freundinnen von Paolos Sei. Das schicken wir ihm dann."

Ingolf stellte die beiden Maschinen Keilförmig zueinander. Dann ging er zur Rezeption und kam kurz darauf mit einem Mitarbeiter zurück. Norman musste lachen. Er zog seine Sonnenbrille an und stellte sich neben seinen Papa. Ingolf, ebenfalls mit Sonnenbrille und offenem Hemd, saß auf einer der Vespas.

Der Mitarbeiter schoss ein paar Bilder. Dann verschwand er wieder in der Rezeption.

Norman holte noch seine Gitarrentasche aus dem Camper, hängte sie sich um und beide starteten die Vespas.

Erster Halt war Morelli in Lazise. Ingolf ging hinein und kam wenig später mit einer Flasche Limoncello hinaus.

„Wir hätten noch eine Flasche Vincenzi mitnehmen sollen."

Ingolf gab Norman die Flasche und zeigte auf eine Stofftasche auf dem Trittbrett.

„Daran habe ich natürlich gedacht! Nur von dem Limoncello hatten wir nichts mehr."

Ingolf grinste und stieg wieder auf seine Vespa. Er verstaute den Limoncello zusammen mit dem Wein in der Tasche.

Beide starteten die Vespas und fuhren weiter. Kurz hinter Cisano stoppten sie. Direkt neben einem beigen VW Bus Baujahr 1985 machten sie halt.

„Ronnie! Du hast auch schonmal besser ausgesehen. Hast du letzte Nacht schlecht geschlafen?"

Norman konnte sich ein Grinsen nicht verkneifen.

„Danke Ingolf, du bist mal wieder sehr nett und fürsorglich."

„Immer gerne!"

Ronnie stieg aus und begrüßte die beiden nun herzlich.

„Wo ist Marcus? Ist er nicht mitgekommen?"

Ingolfs Stimme zitterte und Norman bekam ganz große Augen.

„Keine Panik, Jungs! Marcus ist hier. Er macht gerade Probeaufnahmen am See, um zu sehen, welche Einstellungen er braucht, wegen der Spiegelung und dem Licht. Er ist in Bardolino."

Ingolf atmete erleichtert und geräuschvoll aus.

„Wo treffen wir uns alle für die ersten Aufnahmen?"

„Ich fahre Marcus gleich holen. Wir dachten, wir machen die ersten Aufnahmen gleich hier und dann vielleicht noch in Bardolino, wenn die Zeit und das Licht passt."

Etwa eine halbe Stunde später war auch Marcus in Cisano.
Ingolf und Norman hatten es sich im nahe gelegenen Bistro bequem gemacht. Beide hatten einen Aperol Spritz vor sich und blickten auf den See.
„Einfach magisch!"
„Du sagst es. Und deshalb fahren deine Mutter und ich immer wieder hierher."
„Können wir endlich mal was sinnvolles machen?"
Marcus stand vor Ingolf und Norman und grinste beide an.
„Wir haben nur auf dich gewartet."

Minuten später standen Norman, Ronnie, Marcus und Ingolf am kleinen Hafen von Cisano. Im Hintergrund lief die Melodie von „Ah Che Bello" und vorne stand Norman mit seiner Gitarre.
„…Denn mit Cuore, Speranza und Amore, werden wir uns wiedersehen."
Die ersten musikalischen Silben waren im Kasten. Marcus war mehr als zufrieden. Direkt bei der ersten Aufnahme waren brauchbare Passagen dabei.
„Lasst uns nach Bardolino fahren. Ich habe dort heute eine richtig schöne Stelle gefunden.
„Am See oder direkt im Ort?"
„Piazza Giacomo Matteotti!"

Ingolf überlegte kurz und wusste dann genau, wo es hin ging.

„Wir kommen dorthin. Diese Straße kennt eigentlich jeder, der schonmal in Bardolino war."

„Ich war da noch nicht!"

„Ich auch nicht!"

Ronnie und Marcus schauten Ingolf erwartungsvoll an.

„Du hast doch gerade den Vorschlag gemacht! Wie kann das sein, das du nicht weißt, wo dein eigener Vorschlag ist?"

Marcus nahm sein Handy aus der Hosentasche und hielt es triumphierend hoch.

„Maps weiß fast alles!"

Ingolf verdrehte die Augen und Norman musste grinsen.

„Typisch Marcus."

Getrennt fuhr die Gruppe nach Bardolino, nachdem sie das Equipment wieder im Bulli verstaut hatten.

Norman und Ingolf parkten ihre Roller an der Promenade. Dort warteten sie auf die beiden anderen, die es nicht ganz so einfach hatten, einen Parkplatz für den Bulli zu finden.

Eine knappe halbe Stunde später standen Ronnie und Marcus dann auch schweißgebadet an der Promenade. Sie hatten das Equipment den ganzen Weg vom Parkplatz bis zur Promenade geschleppt.

„Warum habt ihr nicht angerufen? Wir wären doch zum Parkplatz gekommen, oder zumindest entgegengekommen."

Ronnie wischte sich den Schweiß aus dem Gesicht. Marcus lehnte an der Mauer und wedelte sich mit den Händen Luft zu.

„Kommt Jungs, wir trinken erstmal was."

Ingolf ging voraus und steuerte den Außenbereich der Cristallo-Bar an. Die anderen folgten ihm.

Wenig später hatten sie zwei Bier und zwei große Spritz vor sich stehen. Ronnie nahm einen kräftigen Schluck und wischte sich den Schaum aus dem Gesicht. Er winkte der Bedienung und bestellte ein weiteres.

„Die Piazza ist schön, aber ich würde fast hier unten am Hafen eine Sequenz drehen. Man kann ja die Piazza mal mit aufs Bild nehmen. Wenn man von hier aus filmt, dürften wir alles einfangen."

Norman stand auf und blickte über die Hecke.

„Du hast recht! Der Hintergrund ist traumhaft. Auf der einen Seite der See, auf der anderen Seite die Piazza und das Treiben und mittendrin der malerische Hafen mit seinem Rathaus."

Die vier tranken aus und gingen hinüber. Ronnie und Marcus bauten das Stativ auf und machten Probeaufnahmen. Norman probte derweil auf seiner Gitarre.

„Hast du uns eigentlich eine Genehmigung besorgt?"

„Pssst! Brauchen wir nicht. Wenn jemand kommt, sagen wir einfach, wir drehen für unseren Social-Media-Kanal."

Ingolf hatte wieder diesen schelmischen Blick. Norman verdrehte nur die Augen und schüttelte mit dem Kopf.

Aber seine Sorgen waren unbegründet. Keiner kam und kontrollierte sie und so konnten sie ungestört einige Aufnahmen machen. Eine knappe Stunde später war alles im Kasten.

„Okay, genug für heute. Lasst uns zum Campingplatz fahren."

„Zum Campingplatz? Wir fahren ins Hotel!"

Ronnie schaute Marcus an. Dieser nickte.

„Welches Hotel? Ich habe keine Zimmer reserviert. Habt ihr Zimmer reserviert?"

Ingolf schaute die beiden mit fragendem Blick an.

„Du hast uns keine Zimmer reserviert? Wo schlafen wir denn?"

Ingolf schüttelte mit dem Kopf.

„Camping Fossalta. Ich habe euch ein Zelt aufstellen lassen. Das wird super!"

Ingolf schaute beide mit leuchtenden Augen an. Norman musste grinsen.

„Ich habe euch ja gleich gesagt, kümmert euch um ein Hotel! Jetzt habt ihr den Salat."

Marcus und Ronnie schauten sich schockiert an. Mit allem hatten sie gerechnet, aber nicht damit, dass sie die nächsten Tage in einem Zelt wohnen würden.

„Ich hab Rücken."

„Und ich werde immer gleich so zerstochen."

Ingolf schüttelte amüsiert den Kopf.

„Immer diese Ausreden. Gestochen wird man auch im Hotel und Rücken bekommt man höchstens von diesen Hotelmatratzen. Auf einer Luftmatratze jedenfalls passiert dir so etwas nicht. Du wirst sehen. Nach dem Aufenthalt hier wirst du nie wieder Rücken haben."

Eine Stunde später war die Gruppe auf Fossalta. Ronnie und Marcus standen vor ihrem Zelt. Es stand unter einem Baum. Noch immer konnten sie nicht glauben, was sie gerade hier taten.

„Los jetzt. Räumt ein. Und dann kommt rüber. Gleich gibt es Essen."

Wenn Blicke töten könnten, hätten die beiden jetzt innerhalb weniger Sekunden eine ganze Kleinstadt ausradieren können. Widerwillig räumten Sie ihr Gepäck in das Zelt und gingen hinüber zum Camper von Norman und Ingolf.

Es gab Spaghetti Napoli. Dazu einen Wein von Vincenzi und einen Eierlikör aus Erfurt. Den hatte Ingolf beim letzten Besuch von dort mitgenommen.

Weinig später saßen alle bei Kerzenschein und Wein und blickten hinaus auf den See.

Norman spielte leise auf seiner Gitarre „Klassenfahrt".

28

Die Flure der Klinik lagen in einem schwachen Licht. Nachts wurde auch hier gespart. Nur eine gedimmte Beleuchtung erhellte die Flure im gesamten Klinikum. Das galt auch für die Intensivstation.
Einzig die Schwesternzimmer und die Operationssäle waren deutlich heller beleuchtet.

Luigi Schifferle lag in seinem Spezialbett. Gerade noch war eine Schwester bei ihm gewesen und hatte die Werte kontrolliert.
Luigi atmete ruhig, auch wenn er durch das Koma, in dem er immer noch lag, an das Beatmungsgerät angeschlossen war. Trotzdem waren die Ärzte mehr als zufrieden. Der Gesundheitszustand von Luigi hatte sich in den letzten Tagen stetig gebessert. Sollte der Aufwärtstrend anhalten und die Vitalwerte weiterhin stabil bleiben, plante man, Luigi langsam aus dem Koma zurückzuholen.
Leider konnte man nicht sagen, ob durch die vielen medizinischen Zwischenfälle und Operationen bleibende Schäden entstanden waren. Dies würde man erst sehen, wenn Luigi wieder bei Bewusstsein sein würde.
Der leitende Arzt rechnete aber jetzt schon damit, dass es noch Wochen, wenn nicht sogar Monate dauern

könnte, bis Schifferle soweit hergestellt wäre, dass er wieder selbstständig zu Hause sein könnte.

Natürlich war in diesem groben Zeitplan auch mindestens ein Reha Aufenthalt eingeplant.

Die Tür zum Treppenhaus öffnete sich langsam. Ein leises Knarzen und Quietschen waren zu hören. Eine drahtige Person mit schwarzer Kleidung trat auf den Flur. Das Gesicht war mit einer Maske verhüllt. Langsam schob er sich an der Wand entlang. Auf der Höhe des Schwesternzimmers, machte er halt und ging auf die Knie. Er verharrte so einen Augenblick. Dann rutschte er schnell unter dem Fenster entlang. Er stand wieder auf und schob sich weiter an der Wand entlang, bis er zum Zimmer von Luigi kam.

Er wartete einen Moment. Dann schob er die Tür auf und verschwand im Inneren. Der Mann stand an der Tür und starrte auf Luigi und die ganzen Apparate. Einen Augenblick sah es so aus, als ob er überlegte. Dann aber ging er langsam zum Bett und betätigte, ohne zu warten, den Hauptschalter. Das Piepsen der Geräte verstummte sofort. Die Beatmungsmaschine blieb stehen. Es war still.

Luigis Brustkorb bewegte sich noch ein paarmal selbstständig. Doch dann blieb er einfach stehen.

Der Mann schaute auf den regungslosen Körper und grinste unter seiner Maske. Er schaute gebannt auf Luigi und wartete. Dann drehte er sich um und verließ das Zimmer.

29

Auf Camping Fossalta brach ein neuer Tag an. Ingolf saß schon eine ganze Weile mit einem Tee vor dem Camper. Er wurde durch die ersten Sonnenstrahlen geweckt und hatte sich leise aus dem Camper geschlichen.

Auch Ronnie und Marcus, die irgendwann letzte Nacht in ihr Zelt verschwunden waren, schliefen noch. Ingolf genoss die Ruhe und schaute auf den See hinaus. Keine Boote oder Schiffe waren zu sehen. Der See lag ruhig da und schien die Ruhe ebenfalls zu genießen. Die Sonne spiegelte sich und tauchte die Oberfläche in ein samtiges blau.

Ingolf zog sein Handy aus der Tasche und machte ein Bild. Dann nahm er einen Schluck seines Tees. Der Camper bewegte sich.

„Gleich ist es vorbei mit der Ruhe!"

Ingolf sollte recht behalten. Zuerst erschien Norman in der Tür des Campers. Nur wenige Minuten später öffnete sich auch der Reißverschluss des Zeltes und Ronnie steckte den Kopf hinaus.

„Moin! Was geht? Wann gibt es Frühstück."

Norman schaute seinen Vater an und grinste.

„Ich habe nur Übernachtung für euch gebucht. Mehr gab das Budget nicht her."

Ingolf hob seine Tasse und grinste beide an. Ronnie schaute Marcus an, der jetzt ebenfalls seinen Kopf aus dem Zelt reckte.

„Du verarschst uns jetzt! Kein Frühstück? Wir haben so schon keinen Luxus. Wenn wir nach Hause kommen, müssen wir erst mal zum Chiropraktiker, damit er unsere Wirbelsäule wieder richtet."

Ingolf lachte und erhob sich aus seinem Campingstuhl.

„Ich würde sagen ihr geht euch erstmal frisch machen. Die Waschräume sind da hinten. Und dann schauen wir, dass wir etwas zum Frühstücken für euch organisiert bekommen."

Eine Stunde später waren alle wieder bester Laune. Ronnie und Marcus hatten gefrühstückt.

Norman hatte seine beiden Gitarren im Bulli von Ronnie verstaut und hatte bereits seinen Platz im Wagen gefunden. Ingolf war noch im Camper und zog sich um.

Dann machte sich das Quartett aber auch schon auf den Weg. Diesmal fuhren sie gemeinsam mit dem Bulli. Die beiden Roller hatten sie bereits am Abend zuvor wieder abgegeben. Ronnie lenkte den Bulli auf die Hauptstraße in Richtung Lazise. Schnell bildete sich eine Schlange, da Ronnie mehr als vorsichtig fuhr und das meist unterhalb der erlaubten Höchstgeschwindigkeit.

„Am nächsten Kreisel nimmst du gleich die erste Ausfahrt. Wir müssen noch nach Colà. Wir haben keinen Wein mehr. Mal eben schnell zu Vincenzi."

Als sie auch das erledigt hatten, ging es auf dem direkten Wege wieder zurück an den See.

In Bardolino staute es sich. Das lag vermutlich an den vielen Kreiseln, denn Markt war am heutigen Tage keiner.

„Fahr durch bis hinter Garda. Irgendwann kommt auf der linken Seite so etwas, was aussieht wie ein Balkon. Dort machen wir die erste Aufnahme. Das ist die Stelle, wo Paolo das Bild für das CD-Cover gemacht hatte."

Der Verkehr lichtete sich hinter Garda ein wenig. Trotzdem musste Ronnie noch bis zur Einfahrt Punta San Vigilio fahren, um den Wagen zu wenden. Als sie wieder zu der Stelle kamen, hatte sich bereits ein anderer Wagen hingestellt. Ronnie fuhr dicht an den Rand, machte die Warnblinkanlage an und stellte den Motor ab.

„Los schnell jetzt. Wir können hier nicht ewig stehenbleiben."

Alle stiegen aus und Norman nahm noch eine der beiden Gitarren aus dem Kofferraum. Dann eilten sie zu viert zu der Aussichtsplattform. Von hier hatte man einen traumhaften Blick auf die Bucht von Garda, sowie auf den La Rocca und den südlichen See.

Die Sonne schien und ließ den See in einem wunderschönen türkis erstrahlen.

„Das Licht ist traumhaft. Das Wasser leuchtet in einem so wunderschönen türkis. Das hat direkt etwas von Karibik."

Ronnie und Marcus bauten die Kamera auf. Norman holte seine InEars heraus und steckte sie sich bereits in die Ohren. Da die Umgebungsgeräusche hier sehr laut waren, drehten sie hier trocken. Das bedeutete, dass Norman sang, ohne das Musik erklang. Die Musik kam aus seinen InEars! Später im Studio würde man einfach die Melodie darüberlegen.

„Wir sind so weit. Kamera steht und das Licht ist perfekt. Also lasst uns die Sequenz drehen und dann weiter. Der Wagen steht ungünstig an dieser Stelle."

Norman sang den Refrain von „Ah che bello". Immer und immer wieder. Nach der dritten Aufnahme winkte Ronnie ab.

„Das reicht! Alles im Kasten und sogar wirklich gutes Material dabei."

Ein Wagen der Carabinieri hielt hinter dem Wagen von Ronnie. Die Sirene ertönte und auch das Blaulicht blinkte auf. Zwei Beamte stiegen aus und gingen auf die vier zu.

„Buongiorno, Signore. Italiana? Tedesco?"

Buongiorno. Deutsch bitte!"

Der Polizist zeigte auf den Bus und schüttelte dazu mit seinem Kopf.

„Sie dürfen hier nicht parken. Bitte fahren Sie in Ihrem und unser aller Interesse das Auto weg. Sonst haben wir gleich das größte Verkehrschaos hier. Und dann müssten wir dienstlich werden."

Die vier nickten. Ronnie und Marcus packten die Kamera zusammen. Dann gingen alle vier unter den wachen Augen der Carabinieri zum Wagen und stiegen ein.

„Das Lied hat was, aber eine Melodie dazu wäre prima gewesen."

„Das war ein Lied?"

Die beiden Carabinieri schauten sich an und mussten grinsen. Sie stiegen wieder in ihren Wagen und fuhren davon. Die vier folgten in einigem Abstand. Es ging nach Garda, genauer gesagt zur Villa Rosa.

Als Norman, Ingolf, Ronnie und Marcus die Einfahrt der Villa Rosa passierten, stand ein Esel vor Ihnen. Ronnie bremste. Der Esel bewegte sich nicht von der Stelle.

Etwas weiter standen noch weitere Esel. Mittendrin eine blonde Frau.

„Fahr mal langsam weiter. Der Parkplatz ist da hinten. Hier können wir nicht stehen bleiben."

Ingolf zeigte am Gebäude vorbei. Ronnie gab vorsichtig Gas. Der Esel bewegte sich keinen Millimeter. Ronnie stoppte wieder. Er hupte. Der Esel hob den Kopf und schrie los. Bewegen wollte er sich aber immer noch nicht.

Katharina Knall kam näher und ging zu dem Esel. Sie kraulte ihn an den Ohren. Der Esel bewegte sich langsam und ging zu den anderen. Katharina folgte ihm.

Ronnie fuhr in einigem Abstand hinterher und parkte den Wagen wenig später unter den Olivenbäumen an den Sportplätzen.

Gemeinsam gingen sie über den Parkplatz zum Osvaldo-Shop. Dort stand Paolo. Die Sonne blendete allerdings so stark, dass er nicht sehen konnte, wer da gerade auf ihn zukam. Er hielt sich die Hand an die Stirn, um die Sonne zu verdecken.

Schemenhaft sah Paolo vier Personen auf sich zukommen. Er versuchte, sich etwas seitlich zu stellen, aber auch das half nichts.

„Ich geh kaputt. Jetzt sag bloß, du hast uns erwartet?"

Paolo brauchte nichts mehr zu sehen. Diese Stimme erkannte er unter hunderten.

„Ingolfo, du hier! Hast du vergessen etwas von deinem letzten Urlaub?"

„Nein, aber ich schaue fast täglich unter den Camper. Nicht, dass dort wieder etwas liegt, was nicht dahin gehört."

Paolo umarmte Ingolf und Norman und gab den beiden anderen die Hand.

Dann gingen Sie gemeinsam zum Kyosk One.

Don Marios Zustand hatte sich in den letzten Tagen stetig verbessert. Trotz des Alters steckte noch einiges an Lebenswillen in dem gebrechlichen Mann.

Die Ärzte hatten die ständige Beatmung abgestellt und hielten eine Unterstützung nur noch während der Nacht für ausreichend.

Die Intensivstation durfte er aber noch nicht verlassen. Hier wurde sichergestellt, dass er rund um die Uhr versorgt werden würde, was mitunter auf der normalen Station nicht ständig gewährleistet wäre.

„Schwester! Sagen Sie, hat mich in den letzten Tagen, in denen ich hier lag, mal ein Mann besucht? Deutlich jünger als ich. Meist schwarz gekleidet und etwas stämmig?"

Er hielt ihr ein Bild hin, was er in seiner Schublade bei seinen privaten Sachen aufbewahrte.

Die Schwester schaute drauf und verneinte kopfschüttelnd.

„Nein, Signore, diesen Herrn habe ich hier noch nicht gesehen. Aber ich kann gerne mal unter den Schwestern fragen. Ich bin nur Aushilfe hier."

Don Mario nickte und gab ihr das Bild.

„Machen Sie das. Bringen Sie mir das Bild aber bitte wieder. Es ist das Einzige, was ich hier habe."

Die Schwester nickte und verließ das Zimmer. Im Schwesternzimmer machte sie eine Kopie und brachte Don Mario das Original wieder zurück.

„Das ging aber schnell. Und was sagen die Kolleginnen?"

„Das weiß ich nicht. Ich habe ihr Bild kopiert. So haben Sie Ihres wieder hier und die Kollegen können sich die Kopie anschauen."

Die Schwester lächelte und verließ wieder das Zimmer.

Zwei Stunden später betrat ein Pfleger den Raum von Don Mario. Er schlief! Der Pfleger trat ans Bett und weckte den Paten.

„Scusa, Don Mario. Ich habe das Bild gesehen, was bei uns im Aufenthaltsraum lag. Sie wollten wissen, ob dieser Mann sie besucht hat."

Don Mario war hellwach. Er schaute den Pfleger mit festem Blick an.

„Nun... Ugo, so ist doch ihr Name?"

Der Pfleger nickte.

„Don Mario. Es ist so, dass... Dieser Mann kann Sie leider nicht mehr besuchen. Der Mann ist... Tot!"

Für einen kurzen Moment sackte der Puls von Don Mario in die Tiefe. Die Geräte fingen wild an zu piepsen.

Ugo legte die Hand auf Don Marios Arm und er beruhigte sich langsam wieder.

„Tot? Aber... Wieso? Wie ist er gestorben?"

146

Don Marios Stimme war jetzt leise und gebrechlich. Er war gerade um zehn Jahre gealtert. Don Mario zitterte.

„Das kann ich Ihnen nicht sagen. Man sagt, er sei tot in Ihrer Villa aufgefunden worden, als man Sie fand."

„Wo hat man ihn beerdigt?"

Ugo zuckte mit den Schultern. Er wusste es nicht. Don Mario hatte sich wieder beruhigt. Er war dabei, wieder einzuschlafen. Ugo ging zur Tür. Dort drehte er sich nochmal um und schaute zu dem alten Mann.

„Ich werde nachschauen, wo man ihn begraben hat."

Dann verließ er das Zimmer.

31

Man hatte Luigi Schifferle gerade noch rechtzeitig gefunden und die lebenserhaltenden Geräte wieder anschalten können. Ein Arzt untersuchte ihn gerade, während über das Schwesternzimmer die Polizia informiert wurde.

Schifferle hatte, nachdem dieser Unbekannte seine Geräte abgestellt hatte, zunächst weder selbstständig geatmet noch hatte er einen Herzschlag. Aber wie durch ein Wunder setzten seine Atmung und sein Herzschlag wieder ein. Schwach, aber ohne Geräte.

Umgehend versuchte man, dass Klinikum abzuriegeln. Die Beamten waren sich aber sicher, dass der Täter längst über alle Berge war. Der eingeteilte Sergente der Polizia Verona, informierte di Gallo über den Vorfall. Beide kannten sich von gemeinsamen Lehrgängen in Rom und Turin.

„Ciao, Tomaso. Ich bin es, Pietro aus Verona. Wir sind gerade in der Uni Klinik. Auf euren Schifferle aus Tignale wurde ein weiterer Anschlag verübt. Es geht ihm den Umständen entsprechend gut. Man hat ihn rechtzeitig gefunden und wieder stabilisiert."

Di Gallo hörte aufmerksam zu. Er machte sich einige Notizen und versprach, schnellstmöglich vorbeizukommen. Als er auflegte, wählte er direkt die Nummer von Botatzi.

„Ciao, di Gallo."

„Commissario. Ich meine Signore Botatzi. Es wurde… Man hat einen weiteren Anschlag auf Schifferle verübt. Er lebt und ist außer Gefahr. Ein Sergente aus Verona hat mich vor wenigen Minuten informiert."

Botatzi atmete ruhig. Er sagte nichts.

„Botatzi, haben Sie gehört?"

„Ja, das habe ich. Was war passiert?"

„Ich weiß es nicht. Und der Kollege aus Verona wusste es auch nicht. Man ist erst am Anfang. Er sagte, Sie werden die Kameraaufzeichnungen der Klinik prüfen und dann würde er sich wieder melden."

„Sagen Sie mir dann Bescheid?"

„Ja, natürlich. Heute ist zwar mein freier Tag, aber ich war schon lange nicht mehr in Verona. Ich glaube ich fahre da jetzt mal hin. Ich melde mich dann wieder, Signore Botatzi."

Zwei Stunden später stand di Gallo auf der Intensivstation. Diese hatte man mittlerweile weitestgehend abgeriegelt. Besuche wurden nur nach vorheriger Anmeldung und Kontrolle genehmigt.

Luigi hatte man in ein anderes Zimmer verlegt. Somit konnte die Spurensicherung den kompletten Raum ohne Einschränkungen untersuchen und mögliche Spuren sichern.

Das Zimmer von Schifferle wurde ab sofort durch zwei Beamte der Carabinieri bewacht. Im Raum befanden sich mehrere Pfleger, sowie zwei Ärzte, die letzte Untersuchungen machten.

Nach den ersten Untersuchungen und vorsichtigen Prognosen der Ärzte hatte Luigi aber keinen weiteren Schaden von dem neuerlichen Anschlag erlitten. Der leitende Arzt ordnete zur Sicherheit aber noch ein MRT an.

Di Gallo verschaffte sich einen kurzen Überblick. Überall standen kleine Markierungen im Raum. Beamte der Spurensicherung, sowie ein Fotograf, waren dabei, die einzelnen Spuren zu katalogisieren.

„Di Gallo! Das ging aber schnell. Ich hatte eigentlich erst in ein paar Stunden mit dir gerechnet."

Der Sergente drehte sich um. Vor ihm stand Pietro und grinste ihn an.

„Heute ist… Nein war mein freier Tag!"

Di Gallo grinste.

„Was hast du für mich? Habt ihr bereits was rausgefunden?"

Pietro zog ihn beiseite in den Abstellraum.

„Wir sind noch dabei. Es sind jede Menge Spuren in dem Raum. Unter anderem auch von dir. Und auch von einem Commissario Botatzi."

„Ja, das ist gut möglich. Ich war vor ein paar Tagen hier und Botatzi hat hier tagelang… Nein wochenlang Wache gehalten. Er und Schifferle sind Freunde."

„Befangenheit! Kein guter Begleiter für einen Beamten der Polizia."

Di Gallo nickte. Er schaute Pietro erwartungsvoll an.

„Ach so, ja, wir haben da noch eine Spur gefunden. Keine eindeutige und... Im Moment können wir sie auch noch nicht zuordnen. Es könnte der Täter sein."

Pietro griff in seine Innentasche und zog einen Umschlag heraus.

„Hier ist alles drin, was wir bisher haben. Wie gesagt, ich hatte später mit dir gerechnet. Sollte ich noch mehr Informationen haben, lasse ich sie dir so schnell wie möglich zukommen."

Pietro lächelte und übergab di Gallo den Umschlag.

„Grazie mille."

Di Gallo steckte den Umschlag ein und nahm Stift und Papier aus seiner Tasche. Er notierte eine Nummer und gab sie Pietro.

„Unter der Nummer bin ich 24 Stunden erreichbar."

Di Gallo und Pietro umarmten sich.

„Lass uns mal wieder was trinken gehen. So wie damals in Rom und Turin."

Di Gallo nickte nur, grüßte und verließ die Station.

32

Claudia und ihre Freundin waren gerade auf dem Flughafen Valerio Catullo in Verona gelandet.

Die Maschine war mit einiger Verspätung in Verona angekommen. Einige größere Turbolenzen über den Alpen hatten dazu geführt, dass die Maschine kurzfristig die Route ändern musste und eine größere Schleife drehte.

„Almuth, geht es dir wieder einigermaßen gut?"

„Ich habe gerade das Sandwich quer durch den Flieger verteilt, dass ich mir heute Morgen in Erfurt am Flughafen gekauft hatte. Das war das Peinlichste, was mir je passiert ist."

Almuth Dröge-Funz war Diakonin beim Bistum Erfurt. Sie und Claudia kannten sich seit der Kindheit. Während Claudia heiratete und Kinder bekam, war Almuth seit jeher alleinstehend. Keine Kinder, keine Männer! Den Doppelnamen hatte sie von ihrer Mutter übernommen.

Also flüchtete sie sich irgendwann in die Arme der Kirche. Erst in ein Kloster in Albanien, bevor es dann nach Schwerin ging. Seit gut zehn Jahren war sie nun schon in Erfurt. Und nie sind sich die beiden über den Weg gelaufen. Bis vor ein paar Wochen bei einer Veranstaltung in Hannover.

Beide verließen den Terminal. Gerade noch sahen sie ihren Bus, der eben losgefahren war.

„Der nächste kommt erst in gut einer Stunde. Vorausgesetzt, er hat keinen Stau."

Almuth schaute noch immer hinter dem Bus her, der jetzt in Richtung Autostrada abbog.

„Der ist dann mal weg. Was machen wir so lange?"

Claudia zuckte etwas ratlos mit den Schultern. Sie überlegte.

„Wir könnten in die Stadt fahren und von dort einen Bus nehmen. Dabei könnten wir uns gleich die Arena anschauen und vielleicht ein paar Meter durch die Stadt gehen. Wir haben ja nicht so große Koffer."

Almuth nickte zustimmend.

Knapp zwanzig Minuten später stiegen beide an der Arena aus. Der Platz vor dem historischen Gebäude war wie immer sehr gut besucht. Mittendrin waren die römischen Statisten, die versuchten gestellte Fotos für ein Trinkgeld zu machen.

Claudia und Almuth zogen ihren kleinen Koffer über das Pflaster. Hier und da machten beide ein paar Bilder.

„Wann geht denn ein Bus?"

„Wir haben etwa eine Stunde. Wir müssten dann wieder dorthin, wo wir ausgestiegen sind."

Claudia ging zielstrebig auf die Prachtstraße mit ihren exklusiven Geschäften zu. Aus Pflastersteinen wurde feinster Mamor.

Beide Frauen schafften es trotz der Menschenmassen, die sich durch die Straße drängten, zur Piazza delle Erbe.

Auch hier machten sie einige Bilder, also Claudia machte sie, während Almuth die Gebäude bestaunte. Da die Zeit etwas knapp war, ging es kurz darauf auch wieder zurück Richtung Arena. Denn beide wollten nicht noch einmal hinter dem fahrenden Bus herschauen.

Denn mit ganz viel Glück würden sie trotz allem gut neunzig Minuten bis zum Lago benötigen.

Ohne Zwischenfälle kamen Claudia und Almuth Dröge-Funz in Garda an. Die Sonne brannte vom Himmel, als beide aus dem klimatisierten Bus ausstiegen.

„Nur noch ein paar Meter, dann sind wir da."

Die paar Meter die Claudia erwähnte, waren natürlich leicht untertrieben. Bis zur Villa Rosa war es von dort aus noch einen knappen Kilometer. Schweißgebadet erreichten beide die Residence nach einer guten Viertelstunde. Claudia hatte einen strammen Schritt drauf und Almuth hatte ihre Mühe dranzubleiben.

„Da sind wir! Was sagst du? Gefällt es dir?"

Almuth war außer Atem. Sie lehnte am Tor und musste erstmal tief durchatmen. Mit einem Taschentuch versuchte sie, den Schweißströmen Herr zu werden.

„Ein bisschen weit, deine paar Meter!"

154

Claudia schaute sie etwas verdutzt an. Sie konnte den Einwand so gar nicht verstehen.

Am Osvaldo trafen sie auf Katharina Knall und die Esel. Auch Silke und Uwe kamen gerade vom Parkplatz.

„Na das ist ja mal originell. Davon hat Paolo gar nichts gepostet. Esel in der Villa Rosa."

Katharina grüßte beide und ging mit den Eseln den Weg zur Einfahrt hinauf.

Silke und Uwe grüßten ebenfalls, gingen aber in Richtung Pool. Claudia schaute sich um. Weit und breit war niemand zu sehen.

„Komm Almuth, lass uns rüber zum Kyosk One gehen. Die Koffer lassen wir hier stehen."

Beide stellten die Koffer etwas abseits und gingen hinüber.

Stefano Botatzi kam aus dem Osvaldo Shop und sah die beiden herrenlosen Koffer. Hektisch blickte er sich um. Niemand war zu sehen. Er ging zurück in den Shop, aber auch dort war niemand.

Botatzi wurde nervös. Noch immer standen diese beiden Koffer dort.

Paolo kam pfeifend um die Ecke. Botatzi ging zu ihm und zeigte wortlos auf die beiden Koffer. Paolo winkte ab.

„Der eine ist Claudia. Der andere sicherlich auch. Sitzen beide am Kyosk One."

Paolo zeigte hinüber, wo die beiden Frauen hinter einem der Pfosten saßen.

Botatzi war erleichtert. Und doch wollte er gerade anfangen, Paolo die Wichtigkeit in Bezug auf herrenlose Gepäckstücke und deren Folgen zu erklären. Aber dieser war schon wieder weg.

„Scusi, aber ich muss hinüber. Heute ist viel los."

Botatzi nickte nur und beobachtete Paolo, als dieser zum Kyosk One lief.

Er hatte soeben die beiden Frauen begrüßt. Sein Lachen war nicht zu überhören.

Am Nebentisch saßen Ingolf, Norman, sowie Ronnie und Marcus.

33

Der kleine unscheinbare Fiat Panda fuhr langsam die Gardesana entlang. Es war ein altes Modell mit nur einem Spiegel auf der Fahrerseite und dem 4X4 Schriftzug auf der Heckklappe.

Die Farbe des Wagens, ein dunkelblau, war bereits sehr ausgebleicht. Ebenso die einfachen Stoßfänger aus anthrazit.

Der Fahrer war der gleiche, der Birgit in einem Tunnel und mit anderem Fahrzeug abgedrängt hatte und es war die gleiche Person, die im Krankenhaus den Anschlag auf Luigi verübt hatte.

Aus Sicherheitsgründen hatte er sich dieses Fahrzeuges angenommen. Das andere war einfach zu auffällig gewesen, nachdem er im Tunnel diese Frau von der Straße an die Tunnelwand gedrängt hatte.

Auch musste er unerkannt vom Krankenhaus entkommen. Da die neuen Fahrzeuge meist über GPS verfügten, entschied er sich auf dem Parkplatz des Krankenhauses für dieses zeitlose Modell.

In einer Seitenstraße von Bardolino hatte er seinen Wagen abgestellt. Den Panda parkte er etwas oberhalb vor einem Mehrfamilienhaus. Den Schlüssel ließ er einfach stecken und ging unauffällig zu seinem Wagen. Minuten später hatte er sich wieder in den Verkehr eingefädelt und fuhr in Richtung Garda.

In Tignale saß Birgit für einen Augenblick auf der Bank vor dem Haus. Langsam, ganz langsam erholte sie sich von dem Trauma, das sie die letzten Tage und Wochen seit dem Anschlag hatte, wenn sie im Garten stand und die Bilder in ihrem inneren Auge vorbeiliefen.

Sie wusste, dass Luigi in guten Händen war, und sie war sich ganz sicher, dass er es schaffen würde. Luigi war ein Kämpfer!

Das Telefon klingelte.

„Ciao, Stefano."

Tränen schossen in die Augen von Birgit. Sie hatte Mühe, nicht in Ohnmacht zu fallen. Gerade noch glaubte sie, es sei vorbei. Gerade noch hatte sie Mut und Hoffnung geschöpft und sich auch wieder getraut, den Tatort zu betreten und dort zu verweilen. Und gerade hatte sie noch geglaubt, Luigi sei über den Berg.

Botatzi erzählte ihr in kurzen Worten von dem neuerlichen Anschlag und das, was er von di Gallo wusste.

„Birgit ich muss dich das jetzt fragen. Hat Luigi Feinde, oder wurde er in den letzten Wochen und Monaten bedroht? Bitte denk nach. Dass er jetzt wieder Ziel eines Anschlages war, muss einen Grund haben. Der Täter hatte leichtes Spiel. Er konnte unbemerkt ins Krankenhaus bis zu seinem Bett vordringen und hat dort versucht, die lebenserhaltenden Maßnahmen abzustellen. Zum Glück war Luigi bereits wieder so weit bei Kräften, dass er diese Attacke ohne weiteren Schaden überstand."

Birgit überlegte. Sie überlegte sehr lange. Botatzi wurde ungeduldig.

„Da war was, aber das ist schon... Wochen! ... Nein vielleicht sogar schon Monate her! Luigi wurde in Malcesine im neuen Restaurant von einem Italiener angesprochen. Er... Ja, wenn ich jetzt so nachdenke, wollte er von ihm Schutzgeld! Jedenfalls hörte es sich so an. Möglich, dass dieser Kerl jetzt, nachdem Luigi nicht zahlen wollte, ein Exempel statuieren wollte!"

„Was hast du sonst noch beobachtet? Überleg bitte, alles kann von Bedeutung sein!"

Botatzi wartete. Es war still. Birgit überlegte, konnte aber nichts Weiteres dazu beitragen. Beide verabschiedeten sich.

Stefano Botatzi hatte sich für einen Augenblick etwas mehr erhofft. Wie so oft gab es aber nur das minimale Ergebnis, was Interpretation nach oben völlig offen liess.

Der Wagen fuhr wieder auf das Gelände der Villa Rosa. Er stellte ihn auf seinem reservierten Parkplatz ab und stieg aus.

Ohne weiteres Aufsehen ging er in Richtung seines Apartments und verschwand wenige Augenblicke später im Inneren.

Kurz darauf stand er auf seinem Balkon und blickte über den See, sowie den Pool.

Am Kyosk One waren nur wenige Tische belegt und auch am Pool war momentan wenig los.

Von irgendwoher hörte er Musik. Kein ihm bekanntes Lied und immer wieder die gleiche Passage.

Suchend schaute er sich um. Woher nur kam diese Musik? Von der Bar und dem Pool jedenfalls nicht und auch aus dem kleinen Laden unterhalb konnte sie nicht kommen.

Gegenüber erblickte er Botatzi. Er sah ihn und beide Männer nickten sich zu.

Botatzi stand noch eine ganze Weile dort, schaute aber nicht zu dem Mann hinüber. Vielmehr schien er etwas oder jemanden zu suchen.

Noch einmal kreuzten sich die Blicke der beiden Männer.

Botatzi verschwand in seinem Apartment.

Noch immer war das Lied zu hören. Und noch immer nur diese eine Passage.

Norman, Ingolf, sowie Ronnie und Marcus standen in einiger Entfernung unter den Olivenbäumen und hatten zum wiederholten Male den Refrain von „Ah che bello – Lago di Garda" aufgenommen.

Paolo stand zusammen mit Yvonne etwas abseits und beobachteten die Aufnahmen.

Norman hatte bereits acht Mal gesungen, musste aber immer wieder abbrechen.

„Noch ein Versuch! Wenn der auch nichts wird, müssen wir es morgen noch einmal probieren. Das Licht verändert sich."

Ronnie gab ein Zeichen. Norman nickte und begann wieder an der einen Stelle.

Diesmal jedoch klappte es. Die Aufnahme war im Kasten und Norman schnaufte erleichtert.

„Das war jetzt eine schwere Geburt. Ich kann mich nicht erinnern, wann wir mal so lange gebraucht hatten, um eine Aufnahme abzuschließen. Und es war nur ein Refrain."

Ingolf, Paolo und Yvonne applaudierten.

„Einfach gänsehautig. Unser Lied, dein Lied! Live hier in der Residence Villa Rosa und bald auch als Musikvideo."

Paolo war gerührt und gleichzeitig aufgeregt. Eine große Anzahl an Gästen hatten sich ebenfalls eingefunden und den letzten Sekunden der Aufnahme beigewohnt.

Mandy, Jaqueline und Hasan standen zusammen mit den Reineckes etwas abseits. Katharina Knall und die Esel standen zusammen mit Claudia und Almuth Dröge-Funz nur wenige Meter entfernt und auch Silke und Uwe schauten dem Treiben aus einiger Entfernung zu.

„Vielleicht hast du später etwas Zeit für uns? Wir wollen gerne noch eine Aufnahme zusammen mit dir machen, die in das Musikvideo soll. Natürlich nur, wenn dir das Recht ist."

Paolo war sprachlos. Er schaute Norman und Ingolf an, die beide zustimmend nickten.

„Amicis, ich bin wirklich sprachlos. Was soll ich sagen?"

„Ja wäre ein Anfang!"

Ingolf grinste schelmisch.

34

Ugo hatte sich den Bus der Pflegestation geliehen und Don Mario kurzerhand eingeladen, nachdem er herausgefunden hatte, wo man Alfredo beerdigt hatte.

Dieser saß im hinteren Teil in seinem Rollstuhl und blickte nach draußen. Weder Ugo noch Don Mario sprachen etwas. Der Bus fuhr geradewegs zum Friedhof Monumentale.

Diese 1866 eröffnete Ruhestätte beherbergte einige namhafte Persönlichkeiten und seit kurzem auch die Überreste von Alfredo.

Ugo parkte den Bus auf dem Parkplatz und ging wortlos mit Don Mario auf den Friedhof. Mehrmals blieb Ugo stehen und schaute sich seine Notizen an.

Es war gar nicht so einfach unter all den Toten, den richtigen zu finden. Alfredo hatte man etwas abseits in einem Urnengrab in einem der unzähligen Wände beerdigt oder besser gesagt eingemauert.

Ugo hatte Mühe den richtigen Gang und auch die richtige Stelle zu finden.

Knapp zwanzig Minuten später stand der Rollstuhl mit Don Mario vor einer Wand. Er blickte direkt auf das Grab von Alfredo. Ugo hatte sich ein paar Meter entfernt und ließ Don Mario allein.

Dieser schaute auf die Marmorwand. Tränen liefen ihm über die Wange. Mit einem Taschentuch wischte er sie weg.

Er schaute eine ganze Weile auf die kleine qua-
dratische Nische in der Wand, hinter der die Urne mit
den Überresten Alfredos war. Still war es, wie immer
auf einem Friedhof. Nur ein paar Vögel unterhielten
sich im nahen Wipfel eines Baumes, der Schatten zu
spenden versuchte. Don Mario schaute sich die
anderen Namen auf der Wand an, die um Alfredos
letzte Ruhestätte waren.

„Na alter Freund, da bist du ja in bester Gesellschaft.
Wer hätte gedacht, dass du einmal vor mir dort sein
würdest."

Don Mario sagte nichts mehr. Er blickte nur stumm
auf die Wand. Dabei fiel ihm gar nicht auf, dass neben
dem Namen Alfredo Rispano auch der Name Winnie
W. stand. Ganze zwanzig Minuten. Dann winkte er
Ugo. Als er kam, hob Don Mario noch einmal die
Hand zum Gruß.

Ohne ein Wort schob er ihn wieder zum Auto. Er lud
ihn ein und fuhr los.

„Grazie mille. Das werde ich Ihnen nie vergessen."

Ugo lächelte. Beide Männer schwiegen wieder. Am
Krankenhaus angekommen schob Ugo Don Mario
ohne Umwege wieder auf sein Zimmer. Er verabschiedete sich und Don Mario war wieder allein.

Er saß mitten im Zimmer in seinem Rollstuhl und
blickte wieder auf eine Wand. Diesmal war es eine
weiße kahle Wand.

35

Silke und Uwe hatten sich nach der kleinen musikalischen Einlage wieder in ihr Apartment zurückgezogen. Beide wollten noch ein wenig nach Garda hinunter und auch dort später zu Abend essen.

Auf dem Weg in den Ort überholten sie Felix und Stefanie Reinecke, die zusammen mit ihrer Tochter ebenfalls auf dem Weg an die Promenade waren.

„Hallo, ihr wohnt doch auch bei Paolo? Geht ihr auch nach unten?"

Felix und Stefanie nickten und grüßten die beiden ebenfalls. Stumm gingen sie zusammen nebeneinander ein paar Schritte.

„Vielleicht sehen wir uns später ja nochmals unten in Garda."

„Das wäre möglich. Also bis später vielleicht."

Silke und Uwe hoben winkend die Hand und gingen schnelleren Schrittes weiter.

Katharina Knall machte ihrem ungewöhnlichen Namen mal wieder alle Ehre.

Sie ging mit einem der Esel spazieren. Dabei hatte es ihr einer ganz besonders angetan. Sie nannte ihn Kalimero, wie das kleine Küken mit der Eierschale auf dem Kopf, was in den siebziger Jahren die Fernsehbildschirme eroberte.

Die anderen standen auf der Wiese bei den Oliven-bäumen. Paolo hatte in den letzten Stunden vergeblich versucht, die Besitzer ausfindig zu machen. Niemand vermisste eine Herde Esel und so standen sie noch immer auf seinem Grundstück. Valeria war darüber gar nicht begeistert und auch Rosa hatte bereits mehr-mals angedeutet, sie einem Metzger zu übergeben, sollte sich der Besitzer nicht in den nächsten Stunden melden. Schließlich konnte man aus Eselfleisch her-vorragende Wurst und auch Fleischgerichte zube-reiten.

Man fand in vielen Restaurants immer wieder mal Gerichte mit Eselfleisch. Sei es ein Ragù, ein Car-paccio oder auch ein Tatar.

Etwas oberhalb gingen Claudia und Almuth Dröge-Funz spazieren. Sie hatten das Schild der Trattoria Molini entdeckt und standen jetzt vor der Speisekarte.

„Sieht lecker aus. Sollen wir hier mal essen gehen? Oder möchtest du lieber unten am See?"

„Am See können wir doch in den nächsten Tagen essen gehen. Jetzt sind wir schonmal hier, dann können wir auch mal was probieren."

Beide blickten sich um. Der Parkplatz war leer. Claudia schaute auf ihre Uhr.

„Ich denke mal, die haben geschlossen und machen erst später auf."

Sie nahm ihr Handy und schaute nach der Trattoria.

„Wie ich mir dachte. Die machen erst nachher auf."

Sie zeigte Almuth den Eintrag.

„Dann gehen wir später einfach nochmal her. Was meinst du?"

Claudia nickte und so gingen beide wieder langsam zurück. Auf halbem Weg kam ihnen Katharina und der Esel entgegen. Als sie auf gleicher Höhe waren, blieben sie stehen. Die Frauen grüßten sich und Claudia streichelte Kalimero.

„Gehen Sie die Esel da hinten besuchen?"

„Da hinten sind Esel?"

Claudia zeigte grob in die Richtung der Trattoria Molini.

„Wir haben eben bei der Trattoria das Schreien eines Esels gehört. Etwa hundert Meter die Straße weiter auf der linken Seite."

„Danke schön. Dann gehen wir da doch gleich mal hin. Was meinst du Kalimero?"

Katharina schaute den Esel fragend an. Claudia musste grinsen und Almuth schaute nach oben gen Himmel.

Silke und Uwe saßen an der Promenade bei der Vinoteca Delizia. Gerade brachte Christian einen Aperol, sowie eine Cola.

„Salute, mein Schatz."

Uwe hob sein Glas und prostete Silke zu. Beide schauten zum Hafen.

„So schnell sehen wir uns wieder!"

Silke und Uwe drehten sich um. Die Reineckes standen grinsend hinter ihnen.

„Habt ihr noch einen Platz für uns?"

Uwe stand auf und holte noch zwei Stühle von den anderen Tischen. Stefanie und Felix setzten sich. Mariella setzte sich zu Stefanie auf den Schoß. Kurz darauf kam Christian und beide bestellten.

„Una Birra piccola, una Cola e una aqua minerale naturale."

Christian nickte.

"Das ist ja schön, dass wir uns so schnell wiedersehen. Seid ihr das erste Mal hier?"

Silke und Uwe erzählten, dass sie eigentlich in Torbole wären und nur aufgrund der Pleite des Reiseanbieters in Garda gelandet waren.

„Das ist ja wirklich der Hammer. Da hattet ihr ja Glück. Bei uns ist es die Hochzeitsreise. Wir haben im vergangenen Jahr geheiratet und die Reise geschenkt bekommen. Nun sind wir hier und genießen eine Woche Bella Italia."

Christian brachte die Getränke und alle prosteten sich zu.

„Wir wollten später noch etwas essen. Vielleicht können wir zusammen irgendwo einkehren. Oder habt ihr bereits was geplant?"

Felix schaute Stefanie an. Beide verneinten.

„Nur nicht zu spät. Mariella soll nicht zu spät essen und dann auch zu Bett."

Silke schaute auf ihre Uhr.

„Das bekommen wir hin. Wir wollen auch nicht zu spät essen."

Katharina Knall hatte die Trattoria Molini erreicht. Zusammen mit Kalimero stand sie etwas abseits und lauschte. Es war still. Kalimero schaute auf den Boden. Er schrie.
„Pssst! Die ganze Zeit sagst du kein Wort und jetzt!"
Wieder schrie Kalimero. Diesmal bekam er Antwort.
„Hörst du das Kalimero? Da ist einer von dir?"
Natürlich hörte er das. Er antwortete. Katharina war außer sich vor Freude. Sie konnte es gar nicht glauben. Kalimero hatte ein Date!
Aufgeregt schaute sie sich um. Sie konnte aber auf Anhieb keinen anderen Esel entdecken. Wieder schrien beide. Es war so, als würden sie sich unterhalten. Katharina hatte Tränen in den Augen. Sie ließ den Zügel los und setzte sich einige Schritte entfernt auf eine Mauer und lauschte der Unterhaltung.

36

Botatzi saß auf seinem Balkon in der Villa Rosa und schaute auf die Autos. Vögel zwitscherten. Ansonsten war es still. Der Parkplatz war voll. Die Villa Rosa war fast ausgebucht.

„Was mache ich eigentlich hier? Ich sitze auf dem Balkon und in Verona liegt Luigi. Ich sollte bei ihm sein."

Eine Person ging über den Parkplatz. Botatzi erkannte ihn, es war der Unbekannte von Gegenüber. Er beobachtete ihn.

„Ein komischer Typ! Ich habe kein gutes Gefühl bei ihm. Irgendetwas stimmt da nicht. Da habe ich ein Gespür für."

Botatzi verfolgte den Typ mit seinem Blick, bis er hinter dem Gebäude verschwand. Sein Telefon vibrierte.

„Ciao, Commissario Botatzi. Ich hoffe, es geht ihnen gut?"

„Dottoressa! Was verschafft mir die Ehre?"

„Ich wollte mich nur mal erkundigen, wie es Ihnen so geht."

Botatzi musste grinsen. Sonst war es der Alten egal, wie es ihm ging. Und ausgerechnet jetzt, wo er nicht im Dienst war, fragte sie nach seinem Wohlbefinden.

„Mir geht es bestens. Kein Stress, kein hin und her am See. Ich genieße meine ungezwungene Freizeit."

Die Luca stöhnte hörbar auf. Das war sicherlich nicht das, was sie hören wollte.

„Gibt es sonst etwas Neues?“

„Was soll es Neues geben Dottoressa? Was machen Sie, wenn sie Urlaub haben?“

„Sie haben keinen Urlaub, Commissario. Sie haben den Dienst quittiert?“

„Ist das nicht wie Urlaub?“

„1:0 für Sie!“

Ein paar Meter entfernt stand Norman zusammen mit seinem Vater, sowie Ronnie und Marcus am Kyosk One und wartete auf Paolo.

Zusammen wollten sie noch eine finale Aufnahme machen. Paolo ließ mal wieder etwas auf sich warten. Die italienischen fünf Minuten waren ein Muss.

Dabei lief ihnen ein wenig die Zeit davon. Norman wollte unbedingt noch eine Aufnahme bei Sonnenuntergang. Und der wartete bekanntlich nicht auf Musiker und Touristen, die ein Bild machen wollten.

Dazu kam, dass sie nur diese eine Möglichkeit hatten.

„Amici, entschuldigt. Ich war aufgeregt und wusste nicht was soll ich anziehen! Deshalb bin ich zu spät. Aber ihr wisst ja, Italiener sind immer funf Minuten zu spät.“

Paolo grinste in die Runde.

„Dann los! Wir haben nicht viel Zeit. Die Sonne wartet nicht auf uns. Wir wollen eine Aufnahme bei Sonnenuntergang.“

„Amici, da kenn ich eine super Stelle. Ich hole Sei und dann fahren wir hin. Nicht weit von hier. Auf, amici."

Paolo rannte wieder weg und kam Sekunden später mit seinem Helm zurück.

„Los, los! Wir haben doch keine Zeit!"

Die vier liefen zum Bus und stiegen ein. Paolo wartete bereits am Tor.

Botatzi telefonierte noch immer mit Susanna Luca. Für ihre Verhältnisse ungewöhnlich. Sie war nie jemand der großen Worte und schon gar nicht der langen Gespräche. Besonders nicht mit ihren Untergebenen.

„Commissario, ich weiß wir hatten nie das beste Verhältnis, also dienstlich meine ich. Aber Sie können sicher sein, dass Sie hier schmerzlich vermisst werden. Von allen!"

Ich brauche noch etwas Zeit, Dottoressa. Ich kann jetzt nicht einfach zurückkommen und normalen Polizeidienst verrichten. Erst muss das mit Schifferle geklärt sein."

Commissario, machen Sie keine Dummheiten. Sie wissen, dass Sie im Augenblick keine Befugnisse für Ermittlungen haben."

„Ich weiß, Dottoressa Luca. Aber…"

Botatzi stockte. Er wollte gerade von dem Unbekannten erzählen, hielt aber im letzten Moment inne.

„Passen Sie auf sich auf, Commissario! Und kontaktieren Sie den Sergente, wenn Sie Hilfe benötigen und wenn das erledigt ist, erwarte ich Sie wieder zum Dienst! Ihr Gesuchen liegt bis auf weiteres in meinem Schreibtisch."

Dann legte sie auf. Typisch für die Vize-Questore. Mitten im Gespräch einfach weg. Botatzi schüttelte mit dem Kopf und schaute noch einen Augenblick auf sein Handy. Dann legte er es beiseite und schaute wieder auf den Parkplatz. Der Unbekannte bog just in diesem Augenblick wieder um die Ecke.

Paolo lenkte seine Sei wie ein typischer Italiener an den Autos vorbei. Ronnie hatte Mühe zu folgen und Paolo musste mehrmals rechts ranfahren und warten. Nach etwas mehr als zehn Minuten hatten sie ein kleines Plateau zwischen Garda und Torri erreicht. Die letzten Meter jedoch waren gerade für Ronnie und den Bus mehr als abenteuerlich gewesen.

 Von hier aus hatte man aber einen traumhaften Blick auf den See, das gegenüberliegende Ufer, wo in Kürze die Sonne untergehen würde, und Garda.

Jetzt musste es schnell gehen. Ronnie und Marcus holten Kamera und Verstärker aus dem Bus und verkabelten alles miteinander.

Norman stand etwas abseits und übte leise auf seiner Gitarre. Ingolf und Paolo genossen einfach nur die Aussicht. Ingolf hatte eine Flasche Wein in der Hand und öffnete sie.

Ronnie räusperte sich.

„Wir wären dann soweit!"

Paolo drehte sich um. Norman stand jetzt mit dem Rücken zu ihm, so dass der Sonnenuntergang in seinem Rücken war. Paolos Sei stand etwas Abseits, aber immer noch so, dass sie im Bild war.

„Also, wir dachten uns hier den Anfang des Liedes aufzunehmen. Also die Sequenz mit „er wird das Sprachohr der Herzen genannt" etc. etc. Du Paolo kommst mit deiner Sei langsam angefahren und stoppst genau dort, wo sie jetzt steht. Du holst dein Handy aus der Tasche und tust so, als würdest du Fotos oder Videos machen. That's it!"

Ronnie war sichtlich stolz mit seiner Idee und auch Marcus nickte anerkennend.

„Wir haben nur einen, maximal zwei Versuche. Also allerhöchste Konzentration."

Paolo nahm seine Sei und fuhr etwa fünfzig Meter zurück. Dort wartete er. Marcus machte die Musik an und Ronnie gab das Zeichen.

Paolo fuhr los. Norman sang. Alles klappte ohne Zwischenfall. Dennoch nahmen sie eine zweite Version auf und auch noch ein dritte. Dann war die Sonne hinter dem Horizont verschwunden.

Alle applaudierten. Ingolf ging zum Bus und holte noch Bier und Becher für den Wein aus dem Kofferraum.

37

Ein lauter schmerzverzerrter Schrei durchbrach die Stille in der Questura. Dem Schrei vorausgegangen war ein Sturz die Steintreppe hinunter.

Die hatte Commissario Marcello Rani versucht salopp zu nehmen, war dabei allerdings auf dem glatten Marmor ausgerutscht und die etwa zehn Steinstufen hinuntergerutscht. Dabei hatte es mehrmals geknackt.

Als er die letzte Stufe passiert hatte, waren nur noch wenige Knochen ohne nennenswerten Schaden geblieben. Rani war für einen Augenblick ausgeknockt und lag regungslos da.

Zwei Sergente, die den Haupteingang kontrollierten, eilten zu Hilfe.

Ein weiterer hatte bereits sein Handy in der Hand und verständigte die Ambulanz. Der Commissario kam langsam zu sich. Schmerzverzerrt versuchte er sich aufzusetzen, sackte aber sogleich wieder zusammen.

Minuten später war die Ambulanz da. Als sie allerdings den Commissario sahen, kehrten sie gleich um und verständigten den Notarzt.

„Wir müssen warten bis der Dottore da ist. Wir wollen nichts machen, was die Sache noch verschlimmern könnte."

Was denn noch verschlimmern? So wie der ausschaut, braucht man jemanden der gerne und vor allem gut puzzelt."

In den hinteren Reihen wurde gekichert. Dottoressa Susanna Luca kam jetzt ebenfalls zum Unfallort in die Halle. Als sie sah, wer dort lag, verdrehte sie die Augen, konnte sich allerdings ein leichtes Grinsen nicht verkneifen.

„Commissario, was machen Sie denn dort auf dem Boden? Das hat nun wirklich noch keiner in den letzten zwanzig Jahren geschafft, seit ich hier bin!"

Wieder wurde gekichert.

Der Notarzt traf ein und eilte zu Marcello Rani, der immer noch mehr als regungslos auf dem Boden lag.

Schnell war klar, dass sich der Commissario mehrere Knochenbrüche zugezogen haben musste. Das Umbetten auf die Transporttrage war daher besonders schmerzhaft.

Wie sich später im Krankenhaus herausstellte, hatte sich Commissario Marcello Rani neben einem Beckenbruch, noch die rechte Schulter zertrümmert, das Kreuzband im linken Knie gerissen, sowie drei Rippen gebrochen. Dazu kamen noch mehrere Schürf- und Platzwunden im Gesicht und an den Armen.

Somit war Sergente di Gallo mal wieder ohne einen Commissario und Susanna Luca einmal mehr in einer verzwickten Lage.

38

Luigi Schifferle, der das neuerliche Attentat besser überstanden hatte als das erste, ging es schon bedeutend besser. Die Rückholung aus dem künstlichen Koma, die ja schon vor dem Vorfall langsam eingeleitet worden war, hatte man nicht abgebrochen und so lag Luigi jetzt auf einem anderen Zimmer, aber immer noch auf der intensivmedizinischen Station.

Das Zimmer und die Station wurden von mehreren Beamten der Polizia und der Carabinieri bewacht. Vor dem Krankenhaus standen zwei Einsatzfahrzeuge der Polizia und alle Zugänge wurden kontrolliert.

Birgit Schnippel-Limbach hatte den Vormittag damit verbracht, beim Restaurant in Tignale, sowie in Malcesine vorbeizuschauen. Letzteres hatte sie gerade verlassen und war auf dem Weg zum Auto.

Sie wollte zu Luigi und hoffte insgeheim, dass nicht wieder etwas passiert war. Von Malcesine war es allerdings noch ein gutes Stück bis Verona. Entlang des Ufers über die Gardesana würde es mindestens neunzig Minuten dauern, bis sie Verona erreichen würde.

Der Verkehr, gerade zwischen Garda und Lazise war sehr zähflüssig und so brauchte sie allein für diese knapp acht Kilometer fast eine halbe Stunde.

Es würde also nicht funktionieren mit den anvisierten neunzig Minuten bis Verona.

Birgit war genervt und ließ dies eine ältere Dame an einem Zebrastreifen spüren. Diese konnte sich nämlich nicht entscheiden, ob sie über die Straße wollte oder nicht.

„Oh man, bitte! Was ist so schwer daran, über die Straße zu gehen? Komm schon Oma, ein bisschen schneller."

Birgit hupte. Die Dame zuckte zusammen und blieb stehen. Da sie nicht gut sah, nahm sie ihre kleine Brille aus der Tasche und setzte sie auf. Sie winkte Birgit zu und lächelte.

Das brachte sie nun aber so richtig auf die Palme. Birgit nahm den Gang raus und zog die Handbremse an. Dann stieg sie aus und ging zu der alten Dame. Ohne ein Wort, nahm sie deren Hand und zog sie auf die andere Straßenseite. Dann stieg Birgit wieder in ihren Wagen und fuhr mit quietschenden Reifen los.

Die ältere Dame freute sich und winkte ihr hinterher.

Mit mächtig Puls und Wut im Bauch raste Birgit Richtung Gardaland. Auf Höhe des Freizeitparkes hatte sie sich wieder weitestgehend beruhigt.

Der Verkehr auf der Staatsstraße hatte sich entspannt. Birgit würde so in knapp zwanzig Minuten Verona erreichen.

Luigi lag in seinem Bett und schaute sich eine Dokumentation über die Population von Murmeltieren in den Alpen an.

Di Gallo hatte ihm das Fernsehen freischalten lassen, nachdem er mit dem Sergente vor Ort telefoniert hatte.

Schifferle war jedoch noch schwach und schläfrig und hatte die Nachwirkungen des künstlichen Komas noch in den Knochen.

Daher bekam er von den Murmeltieren noch nicht ganz so viel mit.

Die Tür öffnete sich und Birgit trat ein. Sie hatte es endlich geschafft. Sie küsste Luigi auf die Stirn und setzte sich neben ihn auf einen Stuhl.

„Du siehst schon viel besser aus. Und fern schaust du auch schon."

Sie blickte auf die Murmeltiere und lächelte. Luigi hatte Mühe, nicht wieder einzuschlafen. Er schaute Birgit an.

„Du bist noch müde. Wenn du schlafen willst, ist das okay. Ruh dich aus. Ich bleibe erst einmal hier, egal ob du schläfst oder wach bist."

Luigi huschte ein Lächeln über das Gesicht. Dann schloss er die Augen und schlief ein. Birgit hielt seine Hand und streichelte sie.

39

Zur gleichen Zeit im Ospedale in Mailand fand man Don Mario leblos in seinem Krankenbett. Er hatte ein Lächeln auf den Lippen, als man ihn fand.

Der herbeigerufene Stationsarzt ließ ihn direkt in die Pathologie bringen, nachdem er den Bericht gemacht hatte. Auch die Polizia wurde verständigt und ordnete sogleich eine Untersuchung an.

Ugo stand am Aufzug, als man den leblosen Körper von Don Mario in die Pathologie brachte.

„Jetzt ist er wieder vereint mit seinem Alfredo. Und das schneller als er vermutlich dachte."

Etwas wehmütig schaute er in den Aufzug, bis sich die Türen schlossen.

In der Pathologie wurde er zunächst in den Kühlraum gebracht. Auf dem Tisch des leitenden Arztes lag noch ein Unfallopfer, das man tags zuvor eingeliefert hatte.

Wie überall, herrschte auch im Krankenhaus von Mailand ein Mangel an Fachkräften, der sich durch alle Abteilungen zog. Die Pathologie hatte es besonders schwer. Es gab nur den leitenden Arzt, sowie zwei Schwestern.

Das Telefon klingelte.

„Si, prego. Ja, der kam eben rein und steht im Kühlraum. Nein, ich konnte ihn noch nicht untersuchen."

Dottore Scarpa klopfte aufgeregt mit der Knochensäge auf dem Metalltisch herum, während er mit einem Sergente der Mailänder Polizei telefonierte.

Dieser hätte lieber gestern als heute bereits das Ergebnis von Don Mario. Dass man ihn aber erst vor wenigen Minuten in die Pathologie brachte, akzeptierte er nicht als Ausrede.

„Hören Sie, Sergente, Sie müssen sich gedulden, wie die Angehörigen des Unfallopfers, das hier liegt. Die haben nun einmal Vorrang."

Scarpa schlug immer fester mit der Knochensäge auf den Tisch.

„Ich diskutiere nicht und lasse mir von Ihnen auch nicht sagen, wie ich meine Arbeit in der Pathologie zu tun habe. Merken Sie sich das, Sergente!"

Dottore Scarpa legte auf und ging zurück zu seinem Unfallopfer. Schwester Monica kam rein. Sie hatte die Aufregung vom Nebenzimmer aus gehört.

„Wer hat es jetzt wieder eilig?"

„Die Polizia. Dabei haben Tote alle Zeit der Welt. Sie können nicht mehr weglaufen."

Scarpa grinste. Mit einer Pinzette und einem Spatel entnahm er dem Unfallopfer Gewebe.

„Schieben Sie ihn in den Kühler und geben Sie das hier ins Labor. Ich schau mir den Neuen von der Station mal an. Ich habe da bereits eine Vermutung."

Dottore Scarpa holte Don Mario aus der Kühlung und schob ihn zum freien Metalltisch in der hinteren Ecke. Mit dem Laken zog er ihn auf den Tisch.

„Dann wollen wir doch mal schauen, ob meine Vermutung richtig ist."

Er nahm ein Skalpell und die Elektrosäge. Er öffnete den Thorax bis hinunter zur Leiste. Mit der Elektrosäge durchtrennte er den Rippenbogen, so dass er das Herz freilegen konnte. Hier nahm er die ersten Gewebeproben an der Aorta. Dann bohrte er ein Loch in die Schädeldecke und entnahm etwas Hirnflüssigkeit. Beides zusammen brachte er zum Labor.

Wenn seine Vermutung stimmte, starb der alte Mann an einem erneuten Schlaganfall.

40

Der Unbekannte hatte die Villa Rosa unbemerkt verlassen und war nach Lazise gefahren. Er parkte seinen Wagen auf dem großen Parcheggio Marra, unweit des Tores an der Via Rocca und ging schnellen Schrittes durch die Gassen. Er schlängelte sich an unzähligen Touristen vorbei, die wie er erst einmal zur Piazza Vittorio Emanuele wollten.

Von dort aus ging er rechts über die Piazza. Er ging an der Kirche vorbei die Straße hinauf, bis er nach etwa fünfzig Metern rechts durch einen Torbogen ging und im Innenhof der Cantina Zanoni stand.

Dort verharrte er einen Augenblick und schaute sich um.

Etwas abseits an einem kleinen Metalltisch saß ein Mann. Der Unbekannte ging auf ihn zu und blieb einen Meter vor ihm stehen.

„Ich habe dich bereits erwartet!"

Ohne ein Wort nahm der Unbekannte Platz. Auf dem Tisch stand eine Flasche Chiaretto und zwei Gläser. Eines der Gläser war bereits gefüllt.

Der Mann füllte auch das zweite Glas und reichte es ihm.

„Helmut, was machst du hier?"

Helmut Schwankowski grinste. Er war 57 Jahre alt, hatte graumeliertes langes Haar, welches er als Dutt trug. Die große Sonnenbrille spiegelte und verdeckte seine stahlblauen Augen. Er war durchtrainiert und hatte eine lange Narbe auf dem Unterarm. Auf dem anderen Unterarm hatte er den Kopf von Boris Karloff als Frankenstein tätowiert. Schwankowski trug eine schwarze kurze Hose und ein weißes Achselshirt.

„Ich dachte mir, dass du irgendwann hier auftauchen würdest. Als sie dich aus dem Knast entlassen hatten, bist du auf direktem Weg hierunter gefahren."

Helmut Schwankowski nahm eine Zigarre aus seiner Hosentasche und zündete sie an.

„Und was man so liest, hast du ja richtig „Tabula-Rasa" gemacht."

„Nichts habe ich! Wenn du so gut informiert bist, dann müsstest du ja auch wissen, dass mein Anschlag bei ihm zu Hause schiefging. Ich habe die richtige Stelle um ein paar Millimeter verfehlt. Und der Versuch im Krankenhaus…"

„…ist dir auch nicht gelungen! Dieser Schifferle ist einfach nicht totzukriegen. Oder aber du bist einfach unfähig!"

Schwankowski schaute ihn mit finsterem Blick an.

„Woher weißt du, dass es im Krankenhaus auch nicht funktioniert hat?"

„Ich beobachte dich schon eine ganze Weile hier unten. Genauer gesagt, seit du aus dem Knast raus bist. Zugegeben, dass ein oder andere Mal habe ich mich anderweitig beschäftigt. Auch ich habe Verpflichtungen und das nicht nur in Deutschland, wenn du verstehst, was ich meine."

184

Der Unbekannte nahm einen Schluck vom Wein.

„Aber wie hast du herausbekommen, dass ich entlassen wurde."

„Mensch Didi, ich habe überall meine Leute. Das solltest du doch noch wissen."

Jetzt war es raus! Der Unbekannte aus der Villa Rosa hatte einen Namen. Dieter „Didi" Häfferle war wie Helmut Schwankowski ehemaliger Insasse der Justizvollzugsanstalt Stammheim in Stuttgart.

Während Häfferle nur ein kleiner Fisch war, der wegen Betrug und Körperverletzung einsaß, sah es bei Helmut Schwankowski schon anders aus.

Er war eigentlich schon immer im Knast gewesen, zuletzt wegen zweifachen Mordes und sollte dort eigentlich auch noch sitzen. Jedoch hatte er kurz nach der Entlassung von Häfferle, ebenfalls das Bedürfnis gehabt, die All-Inklusiv Anlage in Stuttgart Stammheim zu verlassen.

Da man von der Idee nicht ganz so begeistert war wie er, hatte sich Schwankowski dazu entschlossen, das halbe Dutzend voll zu machen und brachte auf dem Weg nach draußen zwei Wärter um. Der Vorfall ging mehrere Wochen durch die Presse und auch bei Aktenzeichen XY hatte man die Vorfälle thematisiert. Jedoch ohne nennenswerte Erfolge.

„Aber jetzt erzähl mal, warum willst du diesen Schifferle umbringen? Doch nicht etwa, weil er dich wegen Betruges damals in den Knast gebracht hat!"

Häfferle nahm noch einen Schluck und nickte.

„Mensch, du Vollidiot. Frag doch Leute, die sich mit so etwas auskennen. Und wegen bisschen Betrug bringt man doch niemanden um."

Helmut Schwankowski exte sein Glas und schenkte nach. Auch dieses leerte er.

„Du bist eine Schande für unsere Berufsgruppe. Wegen solchen, wie du es einer bist, wird unsere ganze Branche irgendwann einmal nicht mehr wahrgenommen werden."

Häfferle nippte an seinem Glas und blickte sich um. Sie waren mittlerweile die einzigen die in dem Hinterhof waren.

„Dieser Schifferle hat mich damals geschnappt und mein ganzes Leben zerstört. Durch den Knast hat mich meine Frau verlassen und meine Kinder wollen auch nichts mehr von mir wissen. Ich habe alles verloren. Und dafür soll er büßen!"

Helmut Schwankowski stand auf und ging ins Innere der Cantina. Kurz darauf kam er mit einer neuen Flasche zurück.

„Trink aus, Didi. Nachschub!"

Schwankowski stand vor ihm und wedelte mit der Flasche. Häfferle trank aus.

„Aber nicht mehr so viel. Ich muss noch fahren. Bin mit dem Wagen hier."

Helmut machte die Gläser voll und beide stießen an. Dann wurde er ernst.

„Hör zu Didi! Ich helfe dir mit deinem Schifferle. Aber ab jetzt wird es so gemacht, wie ich das sage. Dann wird das auch was."

Didi nahm einen kräftigen Schluck und nickte.

„Und was willst du tun?"

Schwankowski schaute nachdenklich durch Didi hindurch.

„Ich lass mir was einfallen. Ich melde mich bei dir."

„Gut, aber ich bin nur noch zwei Tage in Garda. Ich habe nur bis Samstag die Bude. Dann muss ich da raus."

Schwankowski nickte und trank sein Glas aus. Er schenkte sich nochmals nach.

Kurz darauf trennten sich beide. Schwankowski verschwand in einer der vielen Gassen und Häfferle ging zu seinem Wagen.

41

Reineckes saßen gemeinsam auf der großen Terrasse und genossen den einmaligen Ausblick auf den See.

Die Wohnung war eigentlich viel zu groß, aber sie hatte einen so großen Mehrwert. Das jedenfalls hatte sich Felix so ausgerechnet. Bei ihm ging es immer nach Plan. Felix tat nichts ohne einen genauen Plan. Alles war durchgetaktet.

Stefanie war da ganz anders. Sie plante nichts. Das musste sie auch nicht, weil das Felix für sie tat. Sie vertraute ihm blind.

Mariella war ihr Sonnenschein und wurde streng erzogen.

Stefanie hatte gerade den Tisch gedeckt. Sie wollten gemeinsam etwas essen. Felix war dafür noch extra im nahegelegenen Supermarkt in Costermano gewesen und hatte Toast, Scheibenkäse, Würstchen und etwas Salat geholt. Typisch Italienisch halt!

Überhaupt war der Ausflug, bei dem sie Silke und Uwe trafen, bis jetzt der einzige Ausflug außerhalb der Villa Rosa, den sie gemacht hatten.

Silke und Uwe waren auch hungrig. Aber sie hatten Urlaub und das hieß, keine unnötige Zeit am Herd. Uwe saß auf dem Balkon und wartete auf seine Frau. Die war seit einiger Zeit im Bad.

Er wurde langsam ungeduldig. Sein Magen knurrte.

„Dauert es noch lange. Ich habe Hunger.“

Die Tür öffnete sich und ein Kopf lugte nach draußen.

„Hast du was gesagt?“

„Ich habe Hunger!“

Der Kopf verschwand wieder und die Tür ging wieder zu. Gut zehn Minuten später war auch Silke endlich fertig.

„Ich ruf mal eben noch Mama an. Ich möchte wissen, ob es unseren Kleinen gut geht.“

„Du hast doch heute morgen erst angerufen.“

„Das macht nichts. Sie vermissen uns bestimmt ganz doll.“

Auf dem Weg zum Kyosk One rief Silke kurz an und ließ sich erst Benji und dann Brösel geben. Die beiden Katzen schnurrten kurz in den Hörer, hatten aber keine große Lust und verschwanden wieder.

„Ist gut Mama. Ich melde mich wieder. Gib den beiden noch einen Kuss von uns.“

Silke und Uwe setzten sich an einen Tisch im oberen Bereich. Beide bestellten Pizza und zusammen einen Salat. Dazu einen Aperol Spritz für Silke, sowie eine Lemon Soda für Uwe.

„Schau mal Schatz, da oben sind Felix, Stefanie und die Kleine.“

Silke winkte wild mit beiden Armen.

„Sie sehen uns nicht.“

„Ich glaube du hast Recht Schatz. Die Aussicht von da oben muss der Wahnsinn sein. Die können bestimmt über die Dächer direkt auf den See schauen.“

Uwe kniff die Augen zusammen und schaute fachmännisch zwischen den Gebäuden hin und her.

„Sie haben freie Sicht. Das untere Gebäude ist niedriger."

Yvonne brachte die Getränke. Valeria folgte mit dem Salat.

Mariella hatte keinen großen Hunger. Sie wollte viel lieber die große Wohnung erkunden. Das fanden Felix und Stefanie allerdings nicht in Ordnung.

„Mariella, jetzt bleib mal sitzen. Wir sind doch noch am Essen."

Widerwillig setzte sie sich wieder an den Tisch. Mit den Schuhen klopfte sie an die Unterseite des Tisches.

„Nun lass sie doch. Du siehst doch, dass sie keine Ruhe hat."

Stefanie schaute ihren Mann an. Der schüttelte nur mit dem Kopf.

„Nein, das fangen wir gar nicht an. Zu Hause gibt es das auch nicht. Und das sollten wir jetzt auch nicht ändern, nur weil wir im Urlaub sind."

Stefanie wippte mit dem Kopf und sagte nichts mehr. Kurz darauf fing sie aber an den Tisch abzuräumen. Sehr zum Unmut ihres Mannes.

„Geh, Mariella."

Die Kleine schaute zu ihrer Mutter, lächelte und verschwand im Inneren der Wohnung.

„Schau mal, da unten sind Silke und Uwe."

Stefanie winkte. Felix schaute nur kurz und tippte dann wieder etwas in sein Handy.

„Ich muss unbedingt einen Stream machen, wenn wir wieder zu Hause sind. Ich bekomme ständig Anfragen und Nachrichten. Ich mache morgen mal einen Post an meine Community, damit sie mal wieder was von mir sehen und hören."

„Felix, du hast mir versprochen im Urlaub mal nicht zu streamen und zu posten. Das ist unser Familienurlaub und unsere Hochzeitsreise."

„Nur einen ganz, ganz kleinen. Du wirst es gar nicht merken."

Stefanie verdrehte die Augen und schüttelte den Kopf. Sie ging zum Geländer und schaute auf den See.

Mariella stand im Flur und schaute interessiert auf ein Bild. Es zeigte Venedig. Es war signiert und hing direkt neben der Wohnungstür. Mariella schob den Stuhl an die Wand und klettere hinauf. Sie stand jetzt direkt in Augenhöhe vor dem Bild. Sie berührte den Rahmen und das Glas. Fasziniert schaute sie es an.

Dann stieg sie wieder vom Stuhl und verschwand in ihrem Zimmer.

Valeria brachte die beiden Pizzen. Uwes Augen funkelten. Silke machte ein Bild von ihrer und griff dann zu Messer und Gabel. Mit großem Appetit aßen beide.

Danach bestellte sich Silke noch einen Aperol Spritz, während Uwe ein Wasser nahm. Er hatte von der Lemon Soda ein leichtes Sodbrennen bekommen.

Paolo kam an den Tisch.

„Ciao, ihr beide. Heute war ein Mann da von Camping Serenella. Der hat das für euch abgegeben."

Paolo überreichte den beiden einen Umschlag und verabschiedete sich wieder.

Silke nahm den Umschlag und öffnete ihn.

„Uih, das ist ja ein Ding."

Sie reichte Uwe den Zettel. Der staunte auch nicht schlecht.

„250 Euro für die Sache auf dem See. Das ist ja mal eine Hausnummer."

Er legte den Zettel mit dem Umschlag beiseite. Silke winkte nach Yvonne und bestellte sich auf den Schreck noch einen Limoncello.

„Dieser Urlaub steht unter keinem guten Stern. Es fing schon bei der Anreise an."

Silke griff die Hand von Uwe.

„Alles okay. Bis jetzt war es doch ein wunderschöner Urlaub hier. Und den lassen wir uns von nichts und niemandem vermiesen."

Er gab ihr einen Kuss und prostete ihr zu.

42

Botatzi saß im Caffe Roma an der Promenade von Garda. Er hatte einen Bardolino vor sich und beobachtete die vorbeigehenden Touristen.

Meist waren es ältere, doch ab und an waren auch Familien dabei und sogar eine junge Männergruppe. Vermutlich ein Junggesellenabschied oder ein Kegelclub.

Er nahm einen Schluck von seinem Wein und schaute in die Bildergalerie seines Handys.

Da war ein Bild, was er vor ein paar Stunden in der Residence Villa Rosa gemacht hatte. Es war auf den ersten Blick kein besonderes Bild. Jeder andere würde es vermutlich direkt aus der Galerie löschen.

Es zeigt den Parkplatz der Villa Rosa. Vereinzelt sind Parkplätze belegt. Die meisten sind jedoch frei. Der Gärtner schneidet die Hecke und Rosa Bertamé kommt aus dem Gebäude. Und dann ist da noch dieser Unbekannte.

Botatzi vergrößert den Ausschnitt. Warum hat er bei dieser Person ein unangenehmes Gefühl? Warum war da dieser Instinkt in ihm der ihm sagte, da stimmt was nicht?

Wieder nahm er einen Schluck von seinem Wein. Er winkte dem Kellner und bestellte noch einen. Dann schaute er wieder auf das Bild. Er wechselte in die Kontakte und wählte die Nummer von di Gallo.

„Ciao, Sergente. Wie geht es Ihnen mit dem neuen Commissario?"

Botatzi hörte zu und bekam große Augen. Am Ende musste er lachen.

„Das habe ich ja noch nicht mal in all den Jahren geschafft. Und der Neue hat nur ein paar Tage dafür benötigt. Alle Achtung. Das ist also die Zukunft."

Di Gallo pflichtete ihm bei.

„Die Luca ist natürlich bedient. Das können sie sich sicherlich vorstellen."

Für einen Augenblick war es still. Botatzi überlegte und di Gallo wartete. Er hatte gerade die Luca vor seinen Augen, wie sie bettelte, er solle doch zurückkommen.

„Sergente, ich brauche Ihre Hilfe. Ich würde Ihnen gerne eine Bild schicken. Auf diesem ist ein Mann abgebildet. Können Sie mal schauen, ob Sie was über diesen Mann herausbekommen?"

„Schicken Sie mal durch. Ich werde es durch den Computer jagen. Wäre doch gelacht, wenn wir da nichts finden."

Botatzi schickte dem Sergente das Bild.

„Ich habe es gerade geschickt."

„Habe es bekommen. Geben Sie mir ein bisschen. Ich melde mich bei Ihnen, wenn ich was gefunden habe."

Die beiden verabschiedeten sich. Botatzi nahm sein Glas und hielt es in die Sonne. Der Bardolino leuchtete in einem schönen Rot. Er schwenkte ihn ein wenig. Die Sonne ließ ihn glitzern.

Botatzi trank aus und zahlte. Dann machte er sich auf den Weg zurück zur Villa Rosa.

Als er dort ankam, klingelte sein Handy.

„Sergente! Jetzt sagen Sie nicht, Sie haben bereits was gefunden."

„Doch, Commissario. Es ging doch schneller als ich gedacht hatte. Ich schicke es Ihnen mal kommentarlos durch."

„Grazie mille, Sergente."

Botatzi ging direkt auf sein Apartment und nahm sein Tablet vom Tisch. Die Nachricht von di Gallo blinkte bereits auf dem Bildschirm. Er öffnete sie und staunte nicht schlecht. In dem Bericht, den ihm der Sergente zugeschickt hatte, tauchte mehrmals der Name Luigi Schifferle auf, sowie Dieter Häfferle.

Schifferle war damals der leitende Beamte, der diesen Häfferle festnahm.

Ein Bild war auch dabei. Eines, das den Unbekannten besser zeigte. Darunter nochmals der Name Dieter Häfferle, Stuttgart-Stammheim, 11/2019!

43

Jaqueline, Mandy und Hasan lagen am Pool. Sie hatten sich den ganzen Tag nicht von dort wegbewegt. Die Drei hatten geplant, erst am Abend etwas zu unternehmen und nach Garda zum Essen zu gehen.

Hasan hatte einen leichten Sonnenbrand auf der Brust. Er war zwischenzeitlich eingeschlafen, während die beiden Frauen am Kyosk One saßen und einen Aperol Spritz, oder besser gesagt drei Aperol Spritz tranken.

„Ich gehe gleich nach oben und mache mich fertig. Wir wollen doch später nach Garda zum Essen. Und da ich die älteste bin brauche ich auch etwas länger, bis alles schön glatt ist."

Mandy und Hasan nickten, konnten sich dabei aber ein Grinsen nicht verkneifen.

„Ich habe einen krassen Sonnenbrand auf der Brust. Ein Türke mit Sonnenbrand ist sowas von uncool. Das heißt, kein offenes Hemd, wenn wir rumlaufen. Was sollen die Leute von mir denken?"

Mandy schaute etwas irritiert zu ihrer Mutter.

„Was sollen die Leute von dir denken, wenn du keinen Sonnenbrand hast und oben ohne rumläufst?"

„Geiler Typ, würde ich sagen!"

Jaqueline lachte laut los. Sie musste so stark lachen, dass sie sich verschluckte und hustete.

„Jetzt überschätz dich mal nicht. Ich habe die letzten Tage schon geilere Typen hier gesehen. Da bist du noch meilenweit von entfernt."

„In deinem Alter definiert man geilere Typen sicherlich anders."

Mandy haute Hasan auf die Brust. Ein brennender Schmerz durchfuhr seinen Körper. Er brüllte laut auf. Mehrere Gäste erschraken und in der Küche des Kyosk One klirrte es.

„Alles gut! Alles gut! Nichts passiert. Nur Sonnenbrand."

Hasan stand auf und winkte entschuldigend.

Jaqueline erhob sich und schnipste mit den Fingern.

„Was?"

„Den Schlüssel bitte."

„Den habe ich nicht."

Mandy schaute ihre Mutter an und zuckte mit den Schultern.

„Hasan, gib mir bitte den Schlüssel."

Hasan schaute sie an.

„Ich habe keinen Schlüssel."

„Okay, wer ist zuletzt in der Wohnung gewesen?"

„Ich!"

Hasan schaute beide triumphierend an. Der Triumph in seinem Blick verschwand allerdings ganz schnell.

„Sch…mist!"

Jaqueline schüttelte mit dem Kopf. Sie ging zum Tresen.

„Yvonne, wir haben versehentlich den Schlüssel in der Wohnung liegen lassen und kommen jetzt nicht mehr hinein."

„Kein Problem. Ich sag Papa Bescheid, der gibt euch einen Ersatzschlüssel."

Yvonne telefonierte und zwei Minuten später stand Paolo grinsend vor ihnen und gab Jaqueline den Schlüssel.

„Grazie, Paolo. Ich bringe ihn dir gleich zurück."

„Alles gut Jaqueline. Später ist auch gut."

Katharina Knall kam mit allen Eseln vor der Trattoria Molini an. Sie hatte erst kürzlich, nachdem sie von Claudia und Almuth erfahren hatte, dass dort Esel waren, Kontakt mit der Trattoria aufgenommen.

Kalimero brüllte. Aus einiger Entfernung bekam er Antwort. Die anderen Esel horchten auf.

Katharina schaute den Esel verliebt an und streichelte ihn. Damit die anderen nicht eifersüchtig wurden, bekamen auch sie eine Streicheleinheit ab.

„Kalimero, pass auf die anderen auf. Ich geh mal schauen, ob ich jemanden finde."

Katharina Knall ging auf das Gelände und fand nach wenigen Schritten eine ältere Frau. Sie zeigte auf die Herde Esel und die Frau ging zusammen mit ihr zu ihnen. Sie streichelte sie und deutete Katharina an, ihr mit den Eseln zu folgen.

Zusammen gingen sie zu einer Weide hinter der Trattoria. Hier standen noch vier andere Esel. Als sie sich sahen, brüllten alle los.

„Ach wie schön, sie begrüßen sich."

Katharina hatte Tränen in den Augen. Sie streichelte jeden, bevor sie auf die Weide gingen. Bei Kalimero fiel die Streicheleinheit besonders lange aus.

„Sie können jederzeit herkommen und sie besuchen. Sie haben es gut hier."

Katharina drehte sich um und erblickte einen älteren Mann.

„Ciao, wir hatten doch miteinander gesprochen."

Sie schüttelten sich die Hand und der Mann nickte.

„Wir haben schon seit mehr als zwanzig Jahren Esel hier. Sie werden sicherlich gut miteinander auskommen."

Jaqueline saß auf dem Balkon, nachdem sie aus der Dusche kam. Mandy und Hasan waren bereits fertig und lagen auf dem Bett.

„Mutti, von uns aus könnten wir los!"

Jaqueline schaute um die Ecke.

„Ich bin doch noch gar nicht fertig, Kleines. Ich muss mich noch schminken."

„Mutti, das hättest du doch schon längst machen können. Jetzt mach bitte, wir haben Hunger."

Hasan grinste. Jaqueline verschwand im Bad. Eine knappe halbe Stunde später machten sie sich dann endlich auf Richtung Garda.

Auf dem Parkplatz lief ihnen Botatzi über den Weg. Er grüßte. Jaqueline drehte sich nach ihm um, nachdem sie an ihm vorbei waren.

„Was für ein Mann! So männlich und so... Umwerfend!"

Hasan und Mandy drehten sich ebenfalls um und schauten Botatzi nach.

„Also Mutti, bitte!"

„Das ist also deine Definition eines geilen Typen!"

Hasan applaudierte. Mandy schaute etwas geschockt, erst Hasan und dann ihre Mutter an.

Katharina Knall saß auf der Mauer, wenige Meter von der Trattoria Molini entfernt. Sie hatte Tränen in den Augen, obwohl die Esel jetzt gut untergebracht waren. Aber sie würde ja nicht ewig hier sein und Paolo würde sicherlich keine Zeit haben, sich um die ganzen Esel dauerhaft zu kümmern.

Sie hatte ihm mitgeteilt, dass sie die Tiere bei der Trattoria unterbringen könnte. Paolo war unglaublich erleichtert, als er das hörte, und hatte Katharina Knall umarmt.

Sie erhob sich, schaute wehmütig zur Trattoria, winkte und ging dann langsam zurück zur Villa Rosa.

44

Luigi hatte die Augen offen und blickte zur Decke. Im Fernsehen lief Radio Italia, italienische Musikvideos.

Birgit, die eine Zeitlang die Hand von Luigi gehalten hatte, hatte schwer mit schweren Augenlidern zu kämpfen. Sie hatte sich deshalb aus Bequemlichkeit in den Sessel in der Ecke zurückgezogen. Dort war sie dann eingeschlafen.

Die Stationsschwester hatte ihr eine Decke übergelegt und das Programm des Fernsehers auf den Musikkanal gewechselt. Sie hasste Dokumentationen.

Der Oberarzt betrat das Zimmer. Als er Luigi sah, lächelte er.

„Sie sehen wirklich gut aus, Signore Schifferle. Wenn Sie so weitermachen, können Sie bald auf eine andere Station."

Luigi lächelte noch etwas müde und hob die Hand.

Dottore Gianni Nunio entdeckte Birgit und hielt sich die Hand vor den Mund. Leider zu spät. Sie war wieder wach und schaute auch noch etwas abwesend.

„Scusa, Signora, ich wusste nicht, dass Sie…"

Birgit winkte ab und erhob sich langsam.

„Alles gut, Dottore. Grazie. Ich muss wohl eingeschlafen sein."

Sie ging zu Luigi und streichelte ihm über den Arm. Der Dottore kam hinzu.

„Dann wollen wir mal schauen, was die Werte machen. Schwester, bitte nehmen Sie Signore Schifferle Blut ab. Wir wollen doch wissen, wie es ihm wirklich geht."

Der Dottore kontrollierte die Verbände und fühlte den Puls.

„Nach den ganzen Operationen und Komplikationen in den letzten Wochen, hatten wir eigentlich mit dem schlimmsten gerechnet. Das es Ihnen aber nach dem Koma so gut geht, Signore Schifferle, konnten wir nicht ahnen. Jedenfalls macht es nicht den Anschein, das sie zu irgendeinem Zeitpunkt mit dem Tode gerungen hatten."

Der Dottore schaute in sein Tablet.

„Also Signore, wenn die Blutwerte positiv ausfallen, werden wir Sie auf eine andere Station verlegen. Ich denke, das ist längst überfällig."

Luigi lächelte und schaute zu Birgit. Auch sie war erleichtert. Sie hielt seine Hand.

„Ich schaue morgen wieder nach Ihnen. Dann werden wir auch die Ergebnisse haben."

Der Dottore verabschiedete sich und verließ zusammen mit der Schwester das Zimmer.

„Ich bin wohl schon eine ganze Weile hier? An vieles kann ich mich nicht mehr erinnern."

Birgit schaute ihn an.

„Aber an dich erinnere ich mich, Birgit."

Luigi lächelte und Birgit rannen Tränen über die Wangen.

„Du hast uns allen einen ganz schönen Schrecken ein-
gejagd. Wir dachten schon du…"

Birgit stockte.

„Ihr dachtet alle, ich schaffe es nicht!"

Sie nickte.

„Da habe ich schon ganz anderes überstanden, denke
ich."

Luigi grinste schelmisch. Birgit musste unweigerlich
lachen.

Luigi bat Birgit, den Kopfteil des Bettes etwas zu
verstellen, so dass er aus dem Fenster schauen konnte.
Viel war nicht zu sehen, aber der blaue Himmel
reichte ihm für den Anfang.

Birgit rückte sich den Sessel ans Bett von Luigi und
setzte sich neben ihn. Sie nahm seine Hand und
streichelte sie.

45

Botatzi saß im Auto auf den Weg Richtung Verona. Unterwegs wollte er sich noch mit di Gallo treffen. Die beiden hatten Peschiera del Garda als Treffpunkt ausgemacht.

Di Gallo wartete bereits auf dem großen Parkplatz am Hafen. Botatzi hatte etwas Mühe noch einen freien Platz zu finden. Nach der dritten Runde aber wurde was frei. Kurz darauf standen beide gemeinsam an der Bar Al Porto und tranken einen Espresso.

„Commissario, es ist wirklich eine Katastrophe. Die Luca dreht völlig durch, jetzt wo auch Ihre Vertretung ausgefallen ist. Sie sieht noch schlimmer aus als sonst."

„Noch schlimmer? Das ist eigentlich gar nicht möglich."

Botatzi musste bei der Vorstellung grinsen. Di Gallos Blick dagegen war mürrisch.

„Grazie, Sergente für die Informationen über diesen Häfferle. Das war ja mal ein Volltreffer."

„Ja, das war ein Glückstreffer. Dachte auch nicht, dass es so schnell gehen würde."

Botatzi bestellte sich einen Rotwein. Di Gallo nahm eine Lemon Soda.

„Ich wette, dieser Häfferle steckt hinter der Sache mit Schifferle."

„Das glaube ich auch, Sergente. Deshalb möchte ich zum Krankenhaus."

Di Gallo nahm einen Schluck.

„Was wollen Sie tun? Wieder Tag und Nacht dort sitzen und darauf warten, dass dieser Typ dort noch einmal auftaucht?"

„Mhhhh, das wäre eine Möglichkeit, aber das hatte ich eigentlich nicht vor. Er wird doch bewacht, oder hat man das schon wieder eingestellt?"

Di Gallo schüttelte den Kopf.

„Gut, dann spreche ich mal mit dem Beamten, der dort Dienst macht. Die sollen verstärkt kontrollieren."

„Aber Commissario, Sie haben doch momentan gar keine Befugnis. Und einen Ausweis auch nicht. Der liegt bei der Dottoressa auf dem Schreibtisch."

Botatzi nahm einen Schluck von seinem Wein und holte sein Handy aus der Tasche.

„Dottoressa? Ich bin's Botatzi. Ich wäre wieder an Bord, wenn es für Sie in Ordnung wäre."

Ein schriller Schrei war zu hören. Botatzi hielt das Handy etwas weg und grinste.

„Rufen Sie mal bitte im Krankenhaus in Verona an und sagen Sie, dass ich komme. Sie haben doch meinen Ausweis und ich müsste mit den Kollegen sprechen, die dort Dienst machen."

Botatzi hörte zu und nickte mehrmals. Dabei nahm er einen weiteren Schluck von seinem Wein.

„Grazie mille, Dottoressa. Wir sehen uns dann in der Questura."

„Commissario, willkommen zurück. Ich freue mich sehr, dass Sie wieder dabei sind. Ihr Dienstausweis und die Waffe liegt für Sie bereit."

Botatzi legte auf und schaute den Sergente an. Dieser war sprachlos. Er umarmte den Commissario.

„Na na, Sergente. Was sollen die Leute von uns denken?"

Kurz darauf trennten sich Botatzi und di Gallo. Während der Commissario wie geplant weiter nach Verona fuhr, um bei Luigi vorbeizuschauen, fuhr di Gallo nach Garda und stellte sich in die Nähe der Villa Rosa. Er wartete auf Häfferle.

Als der Commissario am Krankenhaus ankam, wurde er bereits erwartet. Susanna Luca hatte direkt nach dem Telefonat den leitenden Commissario informiert.

Beide tauschten sich aus. Botatzi sendete ihm das Bild von Häfferle auf sein Handy und ging anschließend zu Luigi.

Auf der Station gingen mehrere Beamte auf und ab. Zusätzlich saß einer direkt vor der Tür. Botatzi grüßte die Beamten und ging hinein.

Luigi saß in seinem Bett. Als er Botatzi sah, leuchteten seine Augen. Birgit stand am Fenster und blickte hinaus. Sie wollte eigentlich gehen, freute sich aber, als sie Stefano sah.

Sie umarmten sich. Erst Birgit und Botatzi und dann auch Luigi und Botatzi.

„Ich wollte gerade fahren."

„Da habe ich ja nochmal Glück gehabt. Gut schaust du aus, Luigi."

Botatzi holte einen Stuhl und setzte sich.

„Draußen auf dem Flur sind eine Menge Polizisten. Hat das einen Grund?"

„Ja Birgit. Sie passen auf unseren Luigi auf. Wir wollen doch nicht, dass nochmal jemand versucht, ihm etwas anzutun."

Birgit lächelte etwas gequält. Der Commissario holte sein Handy aus der Tasche und öffnete die Bildergalerie. Er hielt sie Luigi hin.

„Kennst du den? Hast du ihn hier vielleicht schon einmal irgendwo gesehen? Birgit erzählte mir da etwas von einem Vorfall in Malcesine. War er das vielleicht?"

Luigi nahm das Handy in die Hand und schaute auf das Bild. Er kniff die Augen zusammen.

„Ja, ich kenne ihn. Ich habe ihn vor Jahren festgenommen, als ich noch Polizist war. Sein Name ist… Dietmar Handke? Oder so ähnlich."

„Dieter Häfferle."

„Das kann auch sein. Und zu deinen anderen Fragen. Nein, ich habe ihn hier nicht gesehen. Jedenfalls nicht wissentlich. Und der Vorfall in Malcesine war irgendein Trittbrettfahrer, der mich erpressen wollte und Schutzgeld kassieren wollte. Er war es auf jeden Fall nicht."

Botatzi machte sich ein paar Notizen und steckte das Handy wieder ein.

„Warum willst du das wissen?"

Birgit schaute neugierig zu Botatzi. Er schwieg und schien zu überlegen.

„Nun, das ist eine längere Geschichte. Um es kurz zu halten. Ich hatte ein paar Tage hier im Krankenhaus an deinem Bett gewacht. Dann hatte ich meinen Dienst quittiert und war in Garda in eine Ferienanlage gezogen, um den Schweinekerl zu finden der dich hier hineingebracht hatte. Dort habe ich diesen Häfferle getroffen. Er wohnt auch dort und ich habe ihn überprüfen lassen, weil er so seltsam war. Zudem tauchte dein Name zusammen mit seinem in unzähligen Polizeiberichten auf. Vielleicht hat er ja etwas mit dem, was dir widerfahren ist, zu tun!"

Luigi zuckte mit den Schultern. Birgit konnte es sich nicht vorstellen.

Sie saßen noch eine ganze Weile zusammen und redeten, bis Luigi müde wurde. Birgit und der Commissario verließen daraufhin gemeinsam das Krankenhaus.

46

Dieter Häfferle stand bei Paolo im Osvaldo Shop. Er hatte ihn gebeten, die Rechnung fertig zu machen. Häfferle wollte kurzfristig abreisen.

Direkt am Pool lagen Claudia und Almuth. Sie genossen die letzten Sonnenstrahlen des Tages.

„Sehr schade, dass er schon wieder weg ist. Ich hätte mich gefreut, wenn er wieder ein Konzert gegeben hätte, hier in der Villa Rosa."

Almuth schaute Claudia fragend an.

„Wer? Habe ich was verpasst?"

„Na Norman. Norman Keil. Ich hatte dir doch schon so viel von ihm und seiner Musik erzählt und gesehen hast du ihn doch auch."

Almuth Dröge-Funz winkte ab.

„Ach so, den meinst du. Mein Musikgeschmack ist das leider nicht. Ich stehe mehr auf orchestrale Musik, auf Chöre und Arien. Das bekommst du nicht mehr aus mir raus. Da könnte selbst die Callas neben mir stehen und für mich singen."

„Das geht nicht."

„Was?"

„Na, dass die Callas neben dir steht. Die ist schon tot."

Almuth Dröge-Funz verdrehte die Augen. Sie nahm ihren Aperol Spritz und zog kräftig an dem Strohhalm.

Paolo lief an den beiden vorbei und winkte.

„Ah che bello, ach wie toll!"

Dieter Häfferle stand bei Osvaldo und schaute hinter Paolo her. Er hatte auch die beiden Frauen unmittelbar vor ihm bemerkt und schüttelte nur mit dem Kopf. Paolo kam zurück.

„Hier ist die Ausfahrtmünze für das Tor. Einfach in den Schlitz einwerfen, dann geht das Tor auf."

„Ich... Ich habe es mir anders überlegt. Ich werde gleich schon abreisen. Dann... Dann habe ich keinen Verkehr."

„Si, wie du möchtest. Wie gesagt Schlüssel einfach in der Wohnung lassen. Eine gute Heimreise und vielleicht sehen wir uns ja mal wieder."

Dieter Häfferle verabschiedete sich und ging zu seinem Apartment.

Katharina Knall saß wieder allein auf der Wiese bei den Olivenbäumen im hinteren Teil. Sie hatte ihre Decke ausgebreitet und blickte in den Himmel. Neben sich hatte sie einen Koffer mit mehreren Klangschalen. Katharina holte einige heraus und breitete sie auf der Decke aus. Sie klopfte auf eine und es ertönte ein leiser sonorer Ton.

Katharina schloss die Augen und summte. Dabei trommelte sie wiederholt auf eine der Schalen.

Es war ansonsten ruhig geworden auf der Olivenwiese. Die Esel waren alle weg und Katharina konnte sich die letzten Tage, die sie jetzt noch da war, ganz auf sich konzentrieren. Aber wollte sie das auch? Sie vermisste ihren Kalimero und natürlich auch all die anderen. Katharina hatte feuchte Augen, als sie an die Felllöffel denken musste.

Unweit von Katharina Knall saßen Reineckes. Sie waren gemeinsam mit ihrer Tochter auf dem Spielplatz.

Während Felix etwas abseits stand und ein Video für seine Streamingplattformen drehte, saß Stefanie auf der Bank und beobachtete Mariella auf der Schaukel.

Leise hörte sie die Klangschalen von Katharina.

Auch Felix hörte sie. Er war genervt. Dieses wilde, unkontrollierte draufschlagen auf diese Metalltöpfe ohne Rhythmus machte ihn langsam wahnsinnig. Immer wieder musste er seinen Post von vorne beginnen.

„Ruhe da hinten! Das ist ja nicht auszuhalten, dieses, dieses… unrhythmische Durcheinander!"

Sofort verstummten die Klangschalen. Kurz darauf stand Katharina Knall neben Felix.

„Hör mal gut zu, du Möchtegern Influencer. Ich kann noch so schlecht die Klangschalen trommeln, aber das ist immer noch besser, als deine Versuche hier der neue Knossi von der Pfalz zu werden!"

Katharina drehte sich um und ging zurück auf die Wiese. Zurück blieben ein etwas schockierter Felix und eine grinsende Stefanie, die alles beobachtet hatte.

47

Di Gallo parkte noch immer auf dem Parkplatz neben dem Hotel Italia. Er hatte sich so gestellt, dass er die Einfahrt der Villa Rosa problemlos sehen konnte.

In der vergangenen Stunde war nichts Nennenswertes passiert. Nur wenige Fahrzeuge hatten die Anlage verlassen und nur eines war hineingefahren.

Di Gallo langweilte sich. Er fing an, italienische und deutsche Autos zu zählen.

Botatzi war wieder in Garda. Er fuhr gerade die Via Carlo Gnocchi hinauf, vorbei an der Residence Doria und dem Ristorante Dal Tinto. An der Kreuzung waren nur dreißig erlaubt. Es blitzte rot auf.

„Merda!"

Ein Carabinieri sprang auf die Straße und stoppte Botatzi.

„Oh no, no, no! Das darf doch nicht wahr sein."

Zehn Minuten später und achtzig Euro leichter fuhr Botatzi weiter. Den bekannten Kollegenbonus gab es leider nicht. Ganz im Gegenteil. Der freundliche Kollege mit der Kelle machte noch eine Meldung an die Luca.

Di Gallo wartete bereits auf Botatzi. Er schaute immer wieder mal in Richtung des Hotel Italia. Ein Bus näherte sich von unten. Dahinter der Wagen des

Commissario. Der Bus hielt am Zebrasteifen. Die Sicht auf die Villa Rosa war dadurch für einen Augenblick verdeckt. Botatzi parkte seinen Wagen etwas Abseits und ging hinüber zu di Gallo.

„Und Sergente? Gibt es was zu berichten?"

Di Gallo schüttelte mit dem Kopf.

„No, Commissario. Alles ruhig hier. Kaum Bewegung was den Verkehr zur und von der Villa Rosa betrifft. Unser Mann war bisher jedenfalls nicht dabei."

Botatzi nickte und klopfte dem Sergente auf die Schulter.

„Ich fahre dann rüber. Sie können fahren. Für heute war es das. Grazie, Sergente di Gallo."

Dieser hob grüßend die Hand und öffnete die Tür.

„Es ist schön, dass Sie wieder dabei sind, Commissario."

Dann startete er den Wagen und fuhr vom Parkplatz. Auch Botatzi ging zu seinem Fahrzeug und stieg ein. Er fuhr nur wenige Meter weiter und bog dann auf das Gelände der Villa Rosa.

Botatzi parkte den Wagen und ging Richtung Apartment. Aus dem Augenwinkel sah er wie die Nummer 1 entfernt wurde. Er überlegte kurz. Dann fiel es ihm wie Schuppen von den Augen. Es war die Nummer von Dieter Häfferle. Er drehte um und lief zu Rosa, die das Schild gerade abgenommen hatte.

„Warum wird die Nummer weggemacht?"

Rosa schaute Botatzi überrascht an und überlegte kurz.

„Der Gast aus Nummer 1 ist vor wenigen Minuten abgereist."

„Merda... Scusa, Signora."

Botatzi holte sein Handy aus der Tasche und rief di Gallo an.

„Sergente! Dieser Häfferle ist vor wenigen Minuten abgereist. Das muss genau zu dem Zeitpunkt gewesen sein, als wir uns auf dem Parkplatz getroffen haben."

„Ich komme zurück. Ich bin gerade erst bei Punta San Vigilio. Was für ein Auto fährt er denn?"

Der Commissario überlegte.

„Commissario?"

„Ich überlege. Ich glaube es war ein dunkler Wagen, vielleicht schwarz. Warte Sie ich schaue auf die Bilder die ich gemacht habe."

Botatzi durchsuchte die Bildergalerie auf seinem Smartphone. Er wurde fündig.

„Es ist ein schwarzer Wagen. Fabrikat ist schwer zu erkennen. Die sehen heute alle so gleich aus. Es könnte ein Mercedes sein, aber auch ein Asiate wäre denkbar."

„Okay, ich schaue mich um. Vielleicht kommt mir ja etwas schwarzes entgegen mit nur einer Person im Wagen."

Beide legten auf. Botatzi ärgerte sich, wenngleich er weder sich noch dem Sergente einen Vorwurf machen konnte. Es war einfach dumm gelaufen. Er lief zu seiner Wohnung.

Dort telefonierte er mit den Beamten aus dem Krankenhaus. Er sagte ihnen, was passiert war und dass sie noch mehr als zuvor die Augen offenhalten sollten.

Er würde nachkommen, sobald sich die Gelegenheit dazu ergeben würde. Jedoch wollte er in der Villa Rosa noch einiges überprüfen und auch auf das Ergebnis von di Gallo warten. Kurz darauf rief di Gallo an.

„Nichts, Commissario. Entweder ich habe ihn übersehen oder verpasst oder aber…"

„…Er ist in die andere Richtung gefahren!"
Botatzi vollendete, was di Gallo nicht aussprechen wollte.

„Wie geht es weiter?"

„Ich habe Verona bereits informiert. Ich schaue mich hier noch um, denke aber, dass ich nichts Brauchbares finden werde. Danach wollte ich eigentlich wieder ins Krankenhaus. Ich habe so ein Gefühl, dass dieser Häfferle dort nochmals auftauchen wird. Und das ziemlich bald."

„Das könnte gut sein. Die Chancen stehen 50:50. Vielleicht ist er aber auch einfach abgereist."

„Ich werde Signore Bertamè fragen. Vielleicht hat er ihm etwas gesagt. Sie fahren jetzt aber nach Hause, Sergente. Genug für heute."

Sie verabschiedeten sich und Botatzi verließ das Apartment wieder.

Auf dem Weg zum Kyosk One lief ihm Paolo über den Weg. Er fragte ihn nach Dieter Häfferle. Leider hatte er keinen Grund der Abreise angegeben und Paolo hatte auch nicht gefragt. Das Apartment wurde gerade durch die Reinigungsfirma gereinigt. Somit war auch dort nichts mehr zu finden. Botatzi ging zu seinem Wagen und verließ kurz darauf das Gelände der Villa Rosa.

Diesmal jedoch fuhr er nicht zum See um nach Verona zu kommen, sondern nahm den Weg über Costermano.

48

Norman und Ingolf hatten sich nach einer weiteren Nacht auf Fossalta wieder auf den Heimweg gemacht. Ronnie und Marcus waren bereits direkt nach der letzten Aufnahme wieder Richtung Deutschland aufgebrochen.

Nach der Ankunft ging es direkt ins Studio. Ronnie hatte die Aufnahmen vom Gardasee bereits auf dem Server hochgeladen.
Norman schaute sich jede Aufnahme an. Er war mehr als zufrieden. Daraus sollte sich jedenfalls was zaubern lassen.
„Hallo Papa. Ronnie hat die Aufnahmen hochgeladen… Ja, sind wirklich gut geworden."
Norman klickte sich durch die Aufnahmen. Auch ein Ordner mit Fotos war dabei.
„Auch die Bilder, die gemacht wurden, sind super. Daraus werden wir mit den Aufnahmen, die wir hier bereits gemacht hatten, ein wirklich gelungenes Musikvideo erstellen können."
„Das hört sich gut an, Norman. Sag Bescheid, wenn du Hilfe beim Auswählen der Aufnahmen brauchst. Oder kommt Marcus vorbei?"
„Er wird sicherlich mal vorbeischauen, aber eine grobe Auswahl wollte ich eigentlich selbst machen.

Und dabei könntest du mir helfen. Was den Gardasee angeht, bin ich schon ein bisschen raus."

Ingolf lachte.

„Wärst du mal öfters mitgefahren die letzten Jahre. Aber ja, natürlich helfe ich dir. Denn mit Cuore, Speranza und Amore werden wir uns wiedersehen."

Ingolf lachte abermals und legte auf. Norman schüttelte amüsiert den Kopf und legte sein Handy beiseite. Die nächsten Tage würden sicherlich anstrengend werden. Und das nicht nur wegen des Musikvideos. Norman hatte in den kommenden Wochen mehrere Konzerte in Deutschland.

49

Helmut Schwankowski saß in der Poker Bar in Garda. Er hatte Dieter Häfferle vor wenigen Minuten kontaktiert und ihm gesagt, dass er in der Bar auf ihn warten würde. Dieser war jedoch schon hinter Bardolino und musste erst wieder zurückfahren.

Schwankowski leerte sein Glas und winkte der Bedienung. Die nickte nur und stand kurz darauf bei ihm.

„Einen Whiskey-Cola."

Vom Parkplatz her sah er Häfferle kommen. Er hatte den Wagen abgestellt und lief schnellen Schrittes auf die Poker Bar zu.

Dieter nahm ohne ein Wort Platz. Die Bedienung brachte den Whiskey-Cola und schaute dann Häfferle fragend an.

„Eine Lemon Soda und ein Bier."

Schwankowski nahm wieder einen kräftigen Schluck.

„Didi, lass uns über das sprechen, was du in Verona machen willst. Wir sollten nicht zu lange warten."

Dieter, der gerade seine Getränke bekommen hatte, nickte nur, während er einen Schluck von seinem Bier nahm.

„Was ich machen will, hatte ich dir ja schon gesagt. Wie es geschieht, ist mir egal. Hauptsache, dieser Schifferle bekommt endlich, was er verdient."

Schwankowski holte einen Zigarillo aus seiner Tasche und zündete ihn an.

„Gut, das sollten wir hinbekommen. Einen Typ, der ans Krankenbett gefesselt ist, ist eigentlich ein einfaches Ziel."

Schwankowski zog an seinem Zigarillo und leerte sein Glas. Wieder winkte er der Bedienung. Diesmal allerdings mit dem Glas.

„Ich habe gleich einen Termin bei dem Tätowierer hier vorne. Es wird mal wieder Zeit für etwas Neues."

Schwankowski zog sein Shirt hoch und zeigte auf den freien Platz am Oberarm.

„Was willst du dir stechen lassen?"

„Ich habe zwei Motive, die ich gerne noch hätte. Eine Rose und eine Granate. Mal schauen, für was ich mich gleich entscheide."

Häfferle musste grinsen. Schwankowskis Blick verfinsterte sich.

Was gibt es da zu grinsen?"

„Eine Rose?"

„Ja, eine Rose. Meine Mutter liebte Rosen. Das Tattoo ist für sie. Gott hab sie selig."

Dieter hob entschuldigend beide Arme. Beide tranken aus und Schwankowski zahlte. Dann gingen sie gemeinsam bis zum Parkplatz

„Wo fährst du jetzt hin?"

„Ich habe meine Unterkunft hier vorzeitig gekündigt. Ich denke es ist besser, wenn ich in Verona direkt übernachte. Da sind die Wege kürzer."

Helmut nickte nur. Beide verabschiedeten sich. Kurz darauf lenkte Häfferle seinen Wagen wieder in Richtung Bardolino. Im Rückspiegel sah er Helmut Schwankowski, der gerade in die Straße nahe der Kirche einbog.

Häfferle lenkte seinen Wagen in eine Wohngegend in einem der Außenbezirke von Verona. Er hatte kurzfristig von unterwegs ein Zimmer mit Gemeinschaftsbad gefunden und angemietet.

Nachdem er das Mehrfamilienhaus endlich gefunden hatte, musste er jedoch feststellen das es weder Parkplätze gab, noch dass die Bilder im Internet mit denen live vor Ort irgendeine Ähnlichkeit hatten.

Nochmals prüfte er die Adresse, die bei der Buchungsbestätigung angegeben war, mit der, die er vorfand. Beide stimmten überein.

Er parkte seinen Wagen drei Straßen entfernt auf einem Schotterplatz und ging dann mit seinem kleinen Koffer zurück zum Haus. Dieter klingelte.

Eine gebückte kleine alte Frau machte auf. Sie blickte ihn an.

„Guten Tag. Ich habe eben reserviert."

Die alte Frau sagte kein Wort, sondern schaute ihn nur irritiert an.

„Reserviert! Zimmer!"

Häfferle versuchte es jetzt mit Händen und Füßen. Die alte Frau verstand. Sie schloss die Tür und kam Minuten später zurück mit einem Schlüssel, sowie einem Meldeschein. Häfferle unterschrieb und gab ihr das Geld für drei Nächte. Dann bekam er den Schlüssel.

Sein Zimmer lag im Untergeschoß des Gebäudes. Das Zimmer war klein, hatte nur ein winziges Fenster, das so gut wie kein Tageslicht hineinließ.

Das Gemeinschaftsbad war eine Toilette mit Waschbecken. Die Dusche war separat untergebracht.

Häfferle schloss ab und legte sich auf sein Bett. Kurz darauf schlief er ein.

50

Birgit Schnippel-Limbach war nach einer abenteuerlichen Fahrt und nach knapp drei Stunden wieder in Tignale angekommen. Die Sonne war gerade dabei, unterzugehen.

Dabei lief es anfangs recht gut. Ohne großen Verkehr hatte sie Salò erreicht.

„Noch eine knappe Stunde und ich bin zu Hause."

Doch schon knapp hinter Salò bewegte sich nichts mehr. Ein Reisebus hatte sich in einem Tunnel direkt hinter Gargnano festgefahren. Die Bergung war kompliziert. Besonders, weil das Bergungsfahrzeug von Riva del Garda aus kam und es sich von dort ebenfalls staute und es fast unmöglich war, mit dem großen Fahrzeug durch die Tunnels zu kommen.

Irgendwie schaffte man es dann doch, den Bus aus dem Tunnel zu bekommen, was auch an der Unterstützung mehrerer Einheimischer aus Gargnano lag, die mit einem Traktor den Bus hinauszogen, nachdem man die Luft aus den Reifen gelassen hatte.

Jetzt saß Birgit mit einem Glas Bardolino vor der Wohnung. Es war ein warmer Abend. Nur ein kleines Lüftchen ging. Der Mond erhellte den Himmel und ließ die Sterne wie Brillanten funkeln.

Sie dachte an den Tag, an das Treffen mit Stefano und auch die Zeit mit Luigi. Es ging langsam bergauf.

Luigi machte täglich Fortschritte. Was vor wenigen Tagen und Wochen noch niemand für möglich gehalten hätte.

Birgit holte sich noch ein Glas Bardolino. Dazu ein paar Oliven und Kekse. Die Straße war leer. Kaum ein Auto verirrte sich her. Auch Touristen und Anwohner waren nicht auf der Straße.

Sie genoss die Stille und dachte an Luigi.

Dieser lag in seinem Krankenbett und schaute eine Sportsendung. Es lief Leichtathletik. Nicht gerade sein Lieblingssport, aber leichte Kost, die so nebenher lief. Er blickte zur Decke.

Die Tür seines Zimmers öffnete sich und eine Krankenschwester kam herein. Sie prüfte seine Vitalwerte und gab ihm die tägliche Thrombosespritze. Auch eine Tablette gab es noch. Dann war sie auch schon wieder weg.

Luigi nahm die Tablette. Die Thrombosespritze brannte ein wenig. Er merkte, wie er langsam müde wurde. Luigi nahm die Fernbedienung und schaltete auf Radio Italia um.

Gerade sang Toto Cutugno seine Eurovision Hymne: Insieme 1992. Er summte mit.

Kurz darauf wurde aus dem Summen ein Schnarchen. Luigi war eingeschlafen.

Vor dem Zimmer dagegen waren alle hellwach. Gerade war Ablösung. Nicht nur im Schwesternzimmer wurde die Tagschicht durch die Nachtschicht ausgetauscht. Auch die Polizisten im und vor dem Krankenhaus hatten gerade Schichtwechsel.

Die Stimmung war nicht mehr so entspannt, wie es noch vor wenigen Tagen war. Man bewachte einen Mann, bei dem man nicht wusste, warum genau man ihn bewachte. Zudem war er kein VIP oder eine Person des öffentlichen Lebens.

Aber es schien ja Bedenken zu geben, was in Zusammenhang mit dieser Person zu stehen schien.

Die eingeteilten Polizisten hinterfragten dies nicht. Ob sie hier saßen oder aber in irgendeiner Polizeistation oder einem Dienstwagen durch die Straßen fuhren, war den meisten egal. Dienst war Dienst!

Nur knapp 3 Kilometer entfernt lag Dieter Häfferle auf seinem Bett. Er war wieder wach und dachte nach. Er dachte an Schifferle, er dachte an Schwankowski und an das, was er vor hatte.

Häfferle stand auf und schaute aus dem kleinen Kellerfenster. Er konnte gerade so über die Grasnarbe schauen. Ein fahles schwaches Licht schien in sein Apartment.

Weit konnte er nicht schauen. Wenige Meter weiter war eine Hecke, die jede weitere Sicht versperrte.

Dieter Häfferle drehte sich um, ging zur Tür und verließ das Apartment. Draußen angekommen atmete er tief durch. Häfferle schaute sich um.

Er hatte bei der Ankunft nicht auf die Umgebung geachtet. Außer, dass er keinen Parkplatz fand, der in unmittelbarer Nähe war, war ihm der Rest bei der Anreise egal gewesen.

Jetzt aber nahm er es wahr. Es war eine Wohngegend. Viele Mehrfamilienhäuser, einige kleine Hochhäuser. Die Straßen waren schmal und voll geparkt mit Autos zu beiden Seiten. Kaum jemand war unterwegs. In einiger Entfernung hörte er arabische Klänge. Er hörte schwach die Sirenen eines Krankenwagens, der durch die Straßen fuhr. Am Ende der Straße war eine Kneipe und ein Restaurant. Die Leuchtreklame flackerte.

Dieter Häfferle atmete nochmals tief ein und ging dann zurück in sein Apartment. Die nächsten Tage, so war er sich sicher, würden einiges von ihm abverlangen. Er wusste ja auch nicht, wann Schwankowski mit ihm im Krankenhaus den Job erledigen wollte. Auch hatte er bisher nicht gesagt, was dieser Dienst kosten würde.

Dieter wusste aus dem Knast, das Schwankowski nicht günstig war, wenn es um solche Aufgaben ging. Aber das war erst einmal zweitrangig. Irgendwie würde er ihn schon bezahlen.

51

Am Kyosk One war an diesem Abend wenig los. Valeria und Barbara wollten schon schließen, wenn da nicht Mandy, Hasan und Jaqueline gewesen wären.

Sie kamen just in dem Moment, als Barbara bereits angefangen hatte die Glastüren zu schließen.

„Bekommen wir noch eine Schrippe? Oder ne Boulette?"

Valeria schaute die drei an. Dann wanderte ihr Blick zu Barbara. Diese hatte auch nichts verstanden und zuckte nur mit den Schultern.

„Mutti, woher sollen sie denn wissen, was du meinst." Hasan grinste.

„Na hör mal Kleines, das ist doch international. Das weiß man doch selbst in Amerika."

Mandy verdrehte die Augen. Sie hatte keine Lust auf Diskussionen mit ihrer Mutter.

„Bekommen wir noch was?"

Mandy blickte Barbara fragend an. Diese nickte und die drei nahmen an einem der Tische Platz.

Kurz darauf brachte sie die Speisekarten.

„Ihr wollt auch essen, oder nur was trinken?"

„Wir würden auch was essen, wenn das noch geht."

„Si, kein Problem."

Die drei schauten in die Speisekarten. Barbara verschwand wieder.

Kurz darauf war sie zurück und nahm die Bestellung auf.

Die drei hatten sich für Pizza, Burger und Salat entschieden. Dazu Aperol Spritz und Gin Tonic.

Bis das Essen kam hatten Mandy, Jaqueline und Hasan ihre Gläser leer und bestellten gleich nochmal.

Nach dem Essen winkte Jaqueline Barbara. Diese kam und schaute sie fragend an.

„Bringst du uns noch was kleines?"

Jaqueline zeigte es ihr an mit Daumen und Zeigefinger. Hasan schüttelte direkt den Kopf.

„Kein Schnaps!"

„Ramazzotti ist kein Schnaps, Hasan."

„Ich habe schon zwei Gin Tonic. Das ist genug."

„Was ist Gin?"

Jaqueline machte große Augen, hob drei Finger und Barbara brachte den Amaro.

Hasan hatte schon leicht glasige Augen. Er trank normalerweise nichts. Und wenn, dann mal ein Glas. An diesem Abend waren es aber bereits zwei Gin Tonic und jetzt den Ramazzotti. Und mittags hatte er bereits einen Aperol Spritz.

Jaqueline hob das Glas.

„Hipp Hopp – rin in Kopp!"

Mandy und Hasan hoben ebenfalls das Glas. In einem Zug wurde geleert.

Jaqueline bestellte noch eine Runde. Hasan winkte wieder ab. Diesmal aber schon nicht mehr so energisch.

„Daaanach is dann aba gud."

Hasan hatte Mühe, einen Satz zu sagen. Die Zunge war in den letzten Minuten sehr schwer geworden. Ein leichtes Kribbeln durchfuhr seinen Körper. Seine Augen verengten sich und er musste sich konzentrieren, Jaqueline nicht doppelt zu sehen.

Barbara brachte die nächste Runde.

„Und noch einmal. Hipp Hopp – rin in Kopp!"

Jaqueline hob wieder das Glas, wartete aber nicht auf die anderen beiden, sondern setzte direkt an und leerte das Glas. Mandy und Hasan taten es ihr nach.

„Jetz genuch. Kann nisch meh."

Hasan bekam keinen Satz mehr zusammen. Mandy grinste. Sie fand es süß, wenn ihr Freund so war. Es kam sehr selten vor und Hasan war dann immer besonders liebesbedürftig.

Jaqueline sah das und gab Mandy ein Zeichen. Sie stand auf und ging zur Theke. Kurz darauf kam sie zurück.

„Erledigt. Lasst uns gehen."

Jaqueline und Mandy nahmen Hasan in die Mitte und machten sich langsam auf den Weg zum Apartment. Valeria und Barbara hatten das Treiben seit einiger Zeit beobachtet und mussten des Öfteren grinsen. Auch jetzt wo Hasan wie ein Sack über den Boden schleifte.

Damit nicht noch jemand auf die Idee kam auf einen Absacker, zogen Valeria und Barbara schnell die Glastüren um die Theke.

Die Treppen waren schwieriger als anfangs gedacht. Hasan hatte keine Kontrolle mehr über seinen Körper. Und dann war er in dieser Situation auch noch extrem schwer. Mandy und Jaqueline hatten sichtlich Mühe, ihn nach oben zu schieben. Einen Moment hatten sie sogar überlegt, ihn einfach liegen zu lassen und ihn am nächsten Morgen zu holen.

Die Villa Rosa war aber besser bewacht als manches Gefängnis. Neben einer lückenlosen Videoüberwachung gab es da noch Paolo sowie Achille, den Rezeptionshund.

Im Apartment angekommen, legten sie Hasan direkt aufs Bett und gingen auf den Balkon.

„Noch einen Wein, Kleines?"

Mandy nickte und Jaqueline verschwand im Inneren.

Kurz darauf kam sie wieder und hatte eine Flasche Wein und zwei Gläser in der Hand. Jaqueline goss ein und beide prosteten sich zu.

„Salute."

52

Das Due Torri in Bardolino.

Susanna Luca saß zusammen mit ihrem Mann an einem der hinteren Tische. Vor etwas mehr als einer halben Stunde hatten beide einen Salat, Vitello Tonnato, sowie Trüffelpasta und Cotoletta Milanese bestellt. Dazu eine Flasche Lugano und eine Flasche Aqua Frizzante.

Es war eher selten, dass die Luca mit ihrem Mann ausging. Meist saß sie bis spät abends in der Questura über Akten oder stöberte in Modezeitschriften.

„Warum so nachdenklich?"

Susanna Luca blickte ins Leere.

„Hast du mich gehört? Susanna?"

Sie zuckte zusammen.

„Scusa. Ich war mit den Gedanken woanders."

„Muss das ausgerechnet heute sein? Wir gehen so selten gemeinsam weg."

Susanna Luca verzog das Gesicht.

„Du hast ja recht. Das ist nicht fair von mir. Auf einen schönen Abend."

Sie hob ihr Glas und prostete ihrem Mann zu.

Sie hatten gerade gegessen, da ging das Handy der Dottoressa.

„Na los, geh schon ran!"

Susanna Luca nahm das Handy und nahm den Anruf entgegen.

„Si, Sergente prego. Ich hatte doch gesagt, dass ich heute Abend nicht erreichbar bin."

Sie verstummte und hörte aufmerksam zu.

„Gut, das ist natürlich etwas ganz anderes. Haben Sie Botatzi schon erreicht? Wenn nicht, versuchen Sie es weiter. Und Sergente, passen Sie auf sich auf."

Susanna Luca legte das Handy beiseite und winkte dem Kellner.

„Una Fernet Branca, doppio!"

„No, due prego."

Sie grinste den Kellner an. Ihr Mann schaute sie derweil etwas schockiert an.

„Due Fernet Branca."

„Si, due Fernet Branca doppio!"

Susanna Luca atmete tief durch. Ihr Mann schaute sie fragend an.

„Man hat einen toten Polizisten am Krankenhaus in Verona gefunden."

„Gut, aber das ist doch nichts Ungewöhnliches. Also ich meine, dass man mal einen Toten findet."

„Da gebe ich dir Recht. Aber… erinnerst du dich noch an diesen Anschlag in Tignale vor ein paar Wochen?"

Ihr Mann nickte und wartete gespannt auf weitere Informationen.

„Das Opfer liegt seitdem in der Uni-Klinik in Verona und erst kürzlich hatte man wieder versucht ihn umzubringen."

Der Kellner brachte die beiden Fernet Branca doppio. Susanna Luca leerte beide Gläser, ohne das Gesicht zu verziehen.

„Ich dachte, du magst sowas nicht."

„Im Büro habe ich eine gut sortierte Minibar. Jetzt schau nicht so schockiert. Die Arbeit einer Vize Questore verlangt jede Menge Verantwortung. Da braucht man auch mal einen kleinen Schluck."

Signore Luca nippte an seinem Weinglas. Er war noch immer etwas schockiert. Seine Frau verbrachte sehr viel Zeit in der Questura und er bekam sicher nicht alles mit. Aber das gerade war neu für ihn.

„Als ich hörte, dass ein Polizist tot aufgefunden wurde und dann auch noch am Krankenhaus in Verona, habe ich direkt an Botatzi denken müssen."

Sie schaute ihren Mann an.

„Du weißt doch noch, wer Botatzi ist."

Ihr Mann nickte.

„Er ist es aber Gott sei Dank nicht. Der Sergente versucht gerade, ihn zu erreichen. Er vermutet, dass Botatzi auf dem Weg zum Krankenhaus ist. Ich könnte schwören, dass der Polizist von diesem Killer getötet wurde, der auch schon in Tignale versucht hat, diesen, diesen…"

Susanna Luca überlegte, aber ihr wollte einfach nicht der Name Schifferle einfallen.

Signore Luca winkte dem Kellner.

„Ich denke, wir zahlen. Du hast jetzt eh keine Ruhe mehr."

53

Botatzi war tatsächlich schon eine ganze Weile am Krankenhaus. Er hatte seinen Wagen auf dem großen Parkplatz abgestellt und sich auf einen der Sitze im Eingangsbereich gesetzt. Er nahm sein Mobiltelefon aus der Tasche. Zehn Anrufe von di Gallo in Abwesenheit! Er überlegte kurz und drückte dann auf Wahlwiederholung

„Sergente, was gibt es?"

„Commissario, ich versuche Sie seit geraumer Zeit zu erreichen. Wo stecken Sie denn?"

„Ich bin in Verona am Krankenhaus. Oder besser gesagt im Krankenhaus."

„Dort hat man einen toten Polizisten gefunden. In der Nähe des Krankenhauslagers. Ich dachte schon, Sie wären das gewesen. Man kann den Toten nämlich nicht identifizieren. Er ist wohl grausam entstellt. Der Kollege erzählte mir, dass die Kehle des Polizisten durchtrennt war. Außerdem hatte man ihm wohl eine Chemikalie oder Säure übergeschüttet. Das Gesicht war wohl so entstellt, dass eine Identifizierung ohne weiteres nicht möglich war."

Botatzi atmete hörbar. Er erhob sich von seinem Platz und ging nach draußen vor den Eingang.

„Sergente. Ich bin hier, weil ich glaube, dass ein weiterer Anschlag kurz bevorstehen könnte. Ich war schon auf der Station und habe die Kollegen informiert. Von einem Toten habe ich allerdings nichts mitbekommen. Hier ist alles ruhig."

Di Gallo überlegte. Er hatte die Information von einem Kollegen der Veroner Polizei erhalten.

„Mhhhh, das ist seltsam. Aber vielleicht auch erst einmal gewollt. Vielleicht vermutet man den Täter noch irgendwo dort. Oder man hat bereits Beweise gesichert und weiß was los ist."

Jetzt war es Botatzi der kurz innehielt. Er dachte nach.

„Das kann kein Zufall sein. Bei dem Polizeiaufgebot, das hier sichtbar herrscht, ist es eigentlich selbstmörderisch etwas zu tun. Und ganz besonders einen Beamten zu töten. Nein, das muss ein Ablenkungsmanöver sein, oder wirklich nur große Dummheit."

„Ich denke auch, dass es kein Zufall ist. Nur warum ein Polizist? Er kann sich doch denken, dass die Kontrollen verschärft werden."

„Das glaube ich nicht Sergente! Es wird sich nur verlagern."

Helmut Schwankowski stand im Untergeschoss des Krankenhauses und wartete auf Dieter Häfferle.

Diesen hatte er vor knapp einer Stunde kontaktiert und ihm mitgeteilt, dass er zum Krankenhaus fahren würde.

Dieter Häfferle hatte noch zwei Stationen. Er saß im Bus.

„Helmut? Ich habe noch zwei Stationen. Sitze im Bus. Wo treffen wir uns?"

„Geh über den Parkplatz und dann zum Lager. Ist ausgeschildert. Halt einfach Ausschau nach Magazzino. Und pass auf. Hier laufen ziemlich viele Bullen rum. Ich habe vorhin einen Köder gelegt."

„Okay! Was meinst du mit Köder?"

„Ich habe einen zu Höherem berufen. Wenn du verstehst, was ich meine."

„Du hast… Du hast einen… Polizisten umgebracht?"

Schwankowski lachte diabolisch.

„Ich habe die ganze Bandbreite eines Killers ausgelebt. Davon wird man noch in Monaten sprechen. Mit dem Messer war ich schon immer gut und auch im Biologieunterricht gehörte ich immer zu den Besten."

Wieder lachte Helmut Schwankowski.

Für einen Augenblick lief es Häfferle kalt den Rücken hinunter. An wen war er da nur geraten.

54

Paolo stand vor seinen Monitoren im Arbeitszimmer. Es war schon spät und in der Anlage war es ruhig. Wie jeden Abend war er noch wach und saß in seinem Arbeitszimmer. Er hatte eine Flasche Bier vor sich. Valeria war zu Bett gegangen und sollte tief und fest schlafen.

„Der Commissario ist noch nicht zurück. Und eine Einfahrtsmünze hat er auch nicht mitgenommen. Ich warte mal noch eine Weile."

Paolo schaute weiter auf die Monitore. Aber nichts bewegte sich. Alles war ruhig. Er ging zum Fenster und schaute hinaus. Der Pool war dunkel. Nur die Lampen der Apartments gegenüber erleuchteten den Bereich. Nur vereinzelt war noch Licht in den Apartments zu sehen.

Nur wenige Meter entfernt, hing Hasan über der Toilettenschüssel. Nachdem ihn Jaqueline und Mandy ins Bett gelegt hatten, wurde er kurze Zeit später wieder wach und eilte torkelnd ins Badezimmer. Der letzte Gin Tonic und die beiden Ramazzotti suchten sich einen Weg nach draußen und entschieden sich für eine Fahrt zurück über den Eingang.

Das geschah nicht lautlos und so standen Mandy und Jaqueline kurz darauf in dem kleinen Flur ihres Apartments und lauschten unfreiwillig dem Spektakel.

„Das hört sich an, als sei da ein Pferd im Bad und kotzt!"

Mandy musste bei dem Gedanken daran lachen. Und wieder kamen da diese lauten merkwürdigen Geräusche. Mandy klopfte.

„Alles klar bei dir? Das hört sich wirklich schlimm an."

Sie hörte nur ein leises Stöhnen, gefolgt von einem neuerlichen Würgen.

„So wie es sich anhört, ist es noch nicht gut."

Jaqueline unterstrich ihre These mit einem Nicken.

Mandy wollte zu Hasan ins Bad, entschied sich im letzten Moment aber dagegen. Sie klopfte.

„Schatzi, sag Bescheid, wenn du Hilfe brauchst. Ich geh wieder schlafen."

Valeria hatte sich unbemerkt herangeschlichen und stand im Türrahmen. Paolo schaute unvermindert auf die Bildschirme und immer wieder auch nach draußen.

„Was tust du noch hier? Es ist spät und morgen ist auch noch ein Tag. Komm jetzt ins Bett. Du wirst schließlich auch nicht jünger. Und zu wenig Schlaf gibt Falten!"

Paolo zuckte zusammen und drehte sich um.

„Ich muss warten. Ein Gast ist noch nicht zurück… Und der kommt nicht rein, wenn…"

„Der hat einen Schlüssel und kommt sehr wohl rein."

238

Paolo schüttelte mit dem Kopf und zeigte auf den Monitor mit dem Einfahrtstor.

„Er hat keine Münze. Es ist bereits nach Mitternacht."

Valeria wurde ungehalten. Ihr Ton wurde schärfer.

„Er hat einen Schlüssel. Dann lässt er das Auto seitlich stehen und holt es morgen früh rein. Los jetzt, keine Widerrede mehr."

Valeria trommelte ungeduldig an den Türrahmen. Paolo schaute nochmals auf die Monitore, löschte das Licht und folgte seiner Frau.

55

Die Polizeipräsenz am Krankenhaus hatte nach dem Auffinden des toten Polizisten tatsächlich nicht zugenommen. Ganz im Gegenteil. Es war überraschend ruhig und entspannt. Das fanden auch Schwankowski und Häfferle, die noch immer etwas Abseits am Lager standen und alles im Blick hatten. Schwankowski hatte eine kleine Schnapsflasche bei sich und nahm einen Schluck.

„Hast du einen Plan? Wir kommen doch nie ungesehen rein und erst recht nicht auf die Station."

Schwankowski winkte ab. Er hatte natürlich keinen Plan.

„Jetzt mach dir mal nicht ins Hemd. Ein Plan ist gut, aber am besten funktioniert es immer spontan."

Schwankowski lachte diabolisch und rieb sich die Hände. Dann verschwand er im Krankenhauslager und ließ Häfferle zurück. Als er kurz darauf wieder auftauchte, hatte er zwei Bündel in der Hand.

„Hier Didi. Anziehen!"

Er gab eines der Bündel Dieter und behielt das andere. Beide zogen sich um. Zum Schluss gab es noch ein Namensschild.

„Victor Czap?"

"Ist doch egal, Dieter. Es ist doch nur ein Name."

Widerwillig befestigte Häfferle das Schild an seinem weißen Kittel.

„Los jetzt. Wir gehen rein. Sei natürlich und lass dir nichts anmerken. Dann fallen wir nicht auf."

Stefano Botatzi stand noch immer vor dem Gebäude. Er zog die laue Luft ein und schaute sich um. Im Augenwinkel sah er di Gallo auf ihn zukommen. Er grinste.

„Was machen Sie denn hier, Sergente?"

„Ich war in der Nähe und dachte, ich schau mal vorbei. Außerdem habe ich das hier für Sie, Commissario, mit den besten Grüßen von der Dottoressa."

Di Gallo gab ihm einen Beutel. Der Commissario öffnete ihn. Seine Waffe, sowie sein Ausweis kamen zum Vorschein.

„Die Pistole ist fertig geladen und gesichert."

Botatzi nickte und steckte die Waffe in den Hosenbund und den Ausweis in die Innentasche seiner Jacke. Beide standen wortlos nebeneinander.

„Kommen Sie, Sergente. Lassen Sie uns reingehen. Oder wollen Sie schon wieder fahren?"

Di Gallo schüttelte den Kopf und beide gingen langsam hinein.

„Ich hole uns einen Kaffee, Commissario."

„Eine gute Idee. Der Automat steht den Gang hinunter auf der rechten Seite in einer Nische. Können Sie gar nicht verfehlen."

Botatzi setzte sich wieder auf das Sofa im Eingangsbereich und nahm die La Gazetta dello Sport, die auf dem kleinen Tisch lag und blätterte in ihr.

„Das ist aber eine alte Ausgabe. Das Spiel von Inter gegen Bologna war doch vor mehr als zwei Wochen." Botatzi blickte auf und schaute auf einen kleinen dampfenden Pappbecher. Dahinter grinste di Gallo. Botatzi machte die rosa Zeitung zu und schaute auf die erste Seite.

„Tatsache! Und ich habe mich schon gewundert, warum die schon wieder gegeneinander spielten." Stefano musste lachen. Beide stießen mit dem Kaffee an.

Luigi Schifferle lag in seinem Bett und hatte gerade eine kleine Schüssel Haferschleim zum Abendessen. Lieber wäre ihm jetzt eine Pasta gewesen, oder ein Salat. Auch eine Pizza hätte ihn gefreut.

Aber Haferschleim war die neue Cuisine. Mehr gab es momentan nicht. Und das war wesentlich mehr als noch ein paar Tage zuvor. Da gab es nämlich nur Flüssigkeiten aus dem Beutel. Sein Magen und auch der Darm sollten sich langsam wieder an feste Nahrung gewöhnen. Die Schwester kam rein und räumte ab. Luigi bedankte sich. Sie löschte das große Licht und schloss die Tür.

Schifferle nahm seine Kopfhörer von seinem Nachttisch und setzte sie auf. Er schaltete auf Discovery. Dort lief „Die letzten Geheimnisse der Peruanischen Meerschweinchen". Luigi musste grinsen.

Vor dem Zimmer war es ruhig. Vor wenigen Minuten war Wachablösung und auch im Schwesternzimmer hatte die Nachtschicht übernommen. Die beiden Beamten gingen langsam den Flur auf und ab.

Der tote Polizist lag auf einem Metalltisch in der Pathologie. Der leitende Arzt hatte sich bereits zweimal übergeben müssen. Das Gesicht war mittlerweile komplett entstellt. Die Wangenknochen waren sichtbar und das linke Auge existierte nicht mehr. Die Chemikalie oder auch Säure hatte nicht nur am Kopf und im Gesicht Spuren hinterlassen, sondern sich mittlerweile schon zur Halspartie vorgearbeitet.

Der Dottore versuchte gemeinsam mit der Schwester die Zersetzung des Gewebes zu stoppen. Nachdem eine Gewebeprobe sichergestellt wurde, versuchte die Schwester mit klarem lauwarmem Wasser und einer milden Reinigungslotion den Körper, und hier besonders die Partie von Kopf und Hals, zu reinigen.

„Hoffen wir mal, dass nicht noch mehr kontaminiert ist. Aber momentan sieht es so aus, als sei wirklich nur das Gesicht und der Hals davon betroffen."

Minuten später war die Schwester fertig. Wasser lief den Metalltisch hinunter und plätscherte auf den weißen Fliesenboden.

Der Schnelltest ergab keine nennenswerten Unregelmäßigkeiten mehr, weder chemisch noch biologisch. Zusammen holten sie ihn vom Tisch und legten ihn auf die Trage.

„Schieben Sie ihn in die Kühlung. Der Zerfall ist erst einmal gestoppt. Und dann bringen Sie bitte die Proben ins Labor."

Im Foyer des Krankenhauses war es ruhig geworden. Besucher waren schon seit einigen Stunden keine mehr da. Die Besuchszeiten waren meist von 10:00 – 18:00 Uhr. In Ausnahmefällen auch mal etwas länger. Was jetzt noch durch das Krankenhaus lief, waren Ärzte und Pflegepersonal und hier und da noch Techniker.

Noch immer saßen Botatzki und di Gallo auf dem Sofa. Sie hatten mittlerweile den dritten Kaffee und di Gallo war kurz davor wieder zum Automaten zu gehen.

„Fragen Sie doch mal am Empfang, ob wir eine Kaffee Flatrate haben können."

Di Gallo lachte schallend. Es hallte im Foyer. Peinlich berührt hielt er sich die Hand vor den Mund. Dann ging er wieder zum Kaffeeautomaten.

Botatzi lehnte sich zurück. Er wurde müde. Am Aufzug standen zwei Ärzte. Der Commissario schaute hinüber. Die beiden sahen schon freakig aus. Der eine groß und bullig und er andere hager und gut einen Kopf kleiner. Aber, und das fiel Botatzi gleich auf, irgendwie nicht wie richtige Ärzte. Und das, obwohl er beide nur von hinten sah.

Irgendetwas an den beiden war anders, irgendetwas war seltsam. Er sah di Gallo und gab ihm ein Zeichen schneller zu gehen.

„Schauen Sie mal dort hinüber zum Aufzug, Sergente. Sehen die beiden für Sie aus wie Ärzte?"

Di Gallo schaute zum Aufzug und dann zum Commissario.

„Sehen wir aus wie Polizisten? Warum sollten die beiden nicht wie Ärzte aussehen? Sie tragen einen weißen Kittel. Ich denke mal, das ist zumindest ein Erkennungsmerkmal."

„Ja, Sie haben ja Recht."

Der Aufzug öffnete sich. Beide gingen hinein und drehten sich um. Botatzi schaute ein letztes Mal hin und erschrak sich. Für einen sekundenbruchteil war er sprachlos, fast gelähmt.

„Häfferle! Der eine war Häfferle. Kommen Sie! Schnell Sergente. Ich glaube, der will nach oben zu Luigi."

Botatzi war schon weg. Er lief am Aufzug vorbei zum Treppenhaus. Di Gallo musste erst die beiden Becher loswerden. Er lief zum Aufzug.

Während der Commissario bereits die ersten Stufen nach oben geschafft hatte, stand di Gallo noch immer vor dem Aufzug.

„Merda. Warum kommt er nicht?"

Di Gallo fluchte und lief jetzt ebenfalls zum Treppenhaus. Er nahm zwei Stufen auf einmal. Etwas außer Atem schaffte er den ersten Stock. Botatzi war schon nicht mehr zu sehen. In welchem Stockwerk war nochmal die Station, auf der Luigi Schifferle lag?

Er wusste es nicht. Also stoppte er auf der ersten Etage und lief zum Schwesterzimmer.

„Wo ist die Intensivstation?"

Di Gallo trommelte an den Türrahmen. Die diensthabende Schwester schaute ihn irritiert an.

„Wo? Kommen Sie Schwester, ich habe keine Zeit."

„Dritter und vierter Stock glaube ich. Ich helfe hier nur aus."

Der Sergente drehte um und lief wieder ins Treppenhaus. Wieder nahm er zwei Stufen auf einmal. Im nächsten Stock war er nicht. Hier lagen die ganz schweren Fälle. Er lief noch eine Etage höher und kam außer Atem an. Di Gallo verharrte einen Augenblick. Er stützte sich an der Wand ab. Ein Seitenstechen nahm ihm die Luft.

Ein dumpfer Knall war zu hören. Di Gallo stieß sich von der Wand ab und ging auf die milchige Türe der Intensivstation zu. Langsam öffnete er sie einen Spalt.

Der Flur war leer und ruhig. Er hörte Stimmen. In der Ecke lagen die beiden Beamten. Sie waren bewusstlos, atmeten aber ruhig und gleichmäßig.

Das Schwesternzimmer war abgeschlossen. An mehreren Zimmern leuchteten rote Lampen. Die Stimmen, die er eben hörte, wurden lauter. Auch Botatzis Stimme war dabei.

Er schlich sich langsam an das Zimmer. Die Tür stand auf. Es war das Zimmer von Luigi Schifferle. Mit seiner Pistole im Anschlag ging er noch ein paar Zentimeter weiter. Kurz vor der Tür stoppte er.

„Sie sind ein Bulle. Los schieben Sie ihre Waffe herüber. Ganz langsam, sonst sind Sie der erste."

Di Gallo zitterte. Er überlegte, was er tun könnte. Aber ohne, dass er in den Raum blicken konnte, würde es schwierig werden. War nur dieser Häfferle dort oder auch der andere? Oder waren vielleicht noch mehr dort. Wo standen sie und hatten sie alle Waffen? Di Gallo hatte auf all diese Fragen keine Antworten. Aber er musste handeln, und zwar schnell.

„Was versprechen Sie sich von dieser ganzen Sache hier? Warum wollen Sie ihn umbringen?"

„Das geht Sie nichts an. Das ist ganz allein meine Sache."

Botatzi versuchte offensichtlich, Zeit zu gewinnen.

„Sie glauben doch selbst nicht, dass Sie hier einfach so rauskommen werden. Überlegen Sie doch mal selbst. Hier wimmelt es von Polizei. Man wird Sie fassen, wenn Sie das Krankenhaus verlassen. Und da hilft Ihnen der weiße Kittel auch nicht."

„Halt die Schnauze, Bulle!"

Di Gallo hörte einen dumpfen Schlag, gefolgt von einem Stöhnen.

„Helmut, das muss doch nicht sein. Er wird seine Quittung bekommen, dieser Schnüffler."

Wenn ich mit dem fertig bin, wird man ihn nicht wiedererkennen. So wie diesen Bullen, den ich vorhin erledigt hatte."

Di Gallo hatte die Aufnahmetaste seines Mobiltelefons angeschaltet und es unmittelbar neben die Tür gestellt.

„Also Didi. Worauf warten wir noch? Ich erledige erst den einen und dann den anderen. Oder wenn du willst?"

Di Gallos Herz pochte. Er war aufgeregt und wusste, dass er nicht mehr allzuviel Zeit hatte.

„Jetzt mach langsam, Helmut. Du kommst schon noch zu deinem Vergnügen."

„Was heißt, mach langsam. Was glaubst du, wie lange wir noch haben, bis es hier nur so von Bullen wimmelt? Mensch Didi, lass es uns machen und dann verschwinden."

Der Sergente hörte den Commissario wieder. Er schien bei Bewusstsein zu sein.

„Was soll das? Ist es das wert? Sie bringen Luigi und mich um und dann? Glauben Sie im Ernst, Sie kommen hier raus? Seien Sie doch vernünftig. Sie haben eine Waffe, aber da unten sind fünfzig Polizisten mit Waffen!"

„Wir haben ja noch die von ihnen!"

„Glückwunsch! Acht Schuss mehr. Das bringt Ihnen vielleicht eine Minute."

Jetzt hörte di Gallo auch die Stimme von Luigi Schifferle. Er lebte also noch.

„Herr Häfferle, bitte. Warum wollen Sie mich umbringen? Weil ich Sie ins Gefängnis gebracht habe, für eine Straftat, die Sie begangen haben und für die

Sie verurteilt wurden? Machen Sie bitte keinen Fehler. Das ist es doch nicht wert."

„Halts Maul. Wissen Sie eigentlich, was Sie mir angetan haben? Alles habe ich verloren! Alles! Job, Familie und Freunde. Alles weg!"

„Aber das haben Sie doch selbst verschuldet. Dafür kann ich doch nichts. Ich habe doch nur meinen Job gemacht."

Der Sergente wollte nicht länger warten. Er entsicherte seine Pistole und zählte innerlich bis drei. Dann nahm er tief Luft und stürmte ohne Vorwarnung das Zimmer.

In dem Zimmer stand dieser Häfferle und ein unbekannter Mann. Dieser hatte auch eine Waffe in der Hand. Botatzi kniete auf dem Boden und Schifferle lag in seinem Bett.

Ohne Vorwahnung drückte di Gallo ab. Helmut Schwankowski sackte tödlich getroffen zusammen. Die Waffe fiel zu Boden genau vor Botatzi.

Häfferles Blick wechselte zwischen der Waffe vor Botatzi und dem Sergente. Botatzi nahm die Pistole und erhob sich.

„Häfferle, es ist vorbei! Geben Sie auf. Es hat keinen Sinn mehr."

Dieter Häfferle machte einen Satz zum Sergente, der an der Tür stand. Er schubste ihn gegen die Wand und lief nach draußen auf den Flur.

Dort standen die beiden Beamten wieder, die noch vor wenigen Minuten in der Ecke lagen. Noch etwas benommen versperrten sie den Weg. Häfferle stoppte. Er blickte sich um. Im Türrahmen erschienen Botatzi und di Gallo. Beide mit der Waffe in der Hand.

„Dieter Häfferle, es ist vorbei! Sie können nicht mehr entkommen."

Häfferle sackte zusammen und ließ sich auf den Boden fallen. Er fing an zu weinen. Ohne Gegenwehr ließ er sich festnehmen.

Luigi Schifferle war erleichtert. Endlich war es vorbei. Botatzi wollte die Bewachung für Luigi aber trotzdem noch aufrechterhalten für die nächsten 24 Stunden. Er bat den leitenden Beamten die Kollegen dort zu lassen.

Luigi hatte Birgit geschrieben, die kurz darauf direkt bei ihm anrief. Sie war zuerst völlig aufgelöst, beruhigte sich aber schnell, als sie hörte, dass alles vorbei war.

„Grazie mille, Sergente. Das werde ich Ihnen nie vergessen. Sie haben mir und Luigi heute Abend das Leben gerettet."

Die beiden umarmten sich.

„Morgen früh dann pünktlich in der Questura. Die Luca will bestimmt bis Mittag einen vollständigen Bericht zu der ganzen Sache."

Di Gallo salutierte, grinste und beide verließen das Krankenhaus.

56

3 Tage später.

Luigi Schifferle hatte es geschafft. Man hatte ihn von der Intensivstation auf die Innere verlegt. Wenn seine Genesung weiterhin so gut verlief, sollte einer baldigen Entlassung mit anschließender Reha nichts mehr im Wege stehen.

Birgit Schnippel-Limbach war überglücklich. Luigi war endlich auf dem Weg der Besserung und auch die Restaurants liefen sehr gut. Sie plante fest damit, für immer zu bleiben. Das wollte sie Luigi aber erst sagen, wenn er wieder zu Hause war.

In der Residence Villa Rosa herrschte große Aufbruchstimmung.

Paolo, Rosa und Yvonne standen gemeinsam am Osvaldo Shop. An diesem Morgen reisten fast die Hälfte der Gäste ab. Im Gegenzug würden auch wieder neue Gäste ankommen. Und die ersten waren bereits seit kurz nach sieben da.

Katharina Knall hatte noch ein letztes Mal Kalimero und seine Freunde besucht. Jetzt saß sie auf gepackten Koffern. Noch einen letzten Cappuccino und eine kleine Meditation auf der Wiese.

„Katharina, ich wollte nochmal danke sagen, für die Sache mit den Eseln. Du hast uns allen damit sehr geholfen. Valeria und auch Rosa werden dir ewig dankbar sein, dass sie nicht mehr hier sind."

Katharina lächelte und tänzelte in Richtung Wiese.

Rosa schüttelte verstört den Kopf.

Auch für Claudia und Almuth Dröge-Funz war der Aufenthalt schon wieder vorbei. In einer Stunde ging ihr Bus Richtung Verona.

„Almuth sag schon, wie hat es dir hier gefallen bei Paolo und seiner Familie!"

Almuth nippte an ihrem Orangensaft und überlegte.

„Es war ein ganz besonderer Aufenthalt. Ich hätte nie gedacht, dass es hier wirklich so ist wie du immer schreibst und erzählst. Danke, danke, danke, dass du mich mitgenommen hast"

Claudia wurde rot und war, was selten vorkam, sprachlos. Verlegen schaute sie zu Boden.

Silke und Uwe waren bereits unterwegs. Sie hatten schon in der Früh, als noch alles schlief, den Rückweg nach Deutschland angetreten. Trotz einiger Start-schwierigkeiten in Torbole und auch auf dem See, hatten sie einen unvergesslichen Aufenthalt. Silke und Uwe hatten sich bereits am Vorabend verabschiedet und waren früh zu Bett gegangen.

Ihr Gepäck stand im Büro. Paolo wollte es später zum Paketdienst bringen. Darüber hatte Uwe den Rück-transport für die Koffer gebucht. Mit dem Motorrad war es schier unmöglich, mehr als einen Rucksack mitzunehmen.

Auch der Urlaub von Felix, Stefanie und Mariella Reinecke war zu Ende. Das Auto war gepackt und die drei fertig zur Abfahrt. Felix hatte vor wenigen Minuten noch eine Aufnahme für seine Social-Media-Plattformen abgedreht. Stefanie fand das alles andere als super und Paolo, der etwas abseits alles beobachtet hatte, musste mehrmals grinsen.

Mariella hielt ihren Rucksack fest im Arm. Weder Felix, noch Stefanie schafften es, ihn ins Auto zu bringen. Die Kleine wollte sich einfach nicht davon trennen.

Die Multikulti-Gruppe um Jaqueline, sowie ihrer Tochter Mandy und Hasan saßen wehmütig am Pool. Auch sie reisten heute ab. Jaqueline hatte vergeblich versucht, Stefano Botatzi wiederzusehen, aber irgendwie war er seit Tagen verschwunden.

„Paolo, darf ich dich was fragen?"

Paolo nickte und schaute Jaqueline erwartungsvoll an.

„Da war bis vor wenigen Tagen ein Gast in der Anlage. Ich schätze Italiener. So dein Alter, vielleicht auch etwas jünger. Ist der abgereist? Ich habe ihn nicht mehr gesehen und hätte mich gerne noch…"

Jaqueline stockte. Paolo grinste.

„Das kann und darf ich dir nicht sagen. Das ist, wie sagt ihr… Datenschutz."

Paolo musste schmunzeln und ließ Jaqueline einfach stehen.

57 Epilog

2 Wochen später.

„Signora Reinecke, hier spricht Paolo Bertamè von der Villa Rosa in Garda. Ihr habt euren Urlaub bei uns in der Villa Rosa gemacht. Du erinnerst dich?"

Stefanie war etwas verdutzt, dass Paolo sie anrief. Sie waren schon einige Tage zurück aus dem Urlaub.

„Guten Tag Paolo. Ja, sicher. Haben wir etwas vergessen bei der Abreise? Haben wir eine Rechnung im Kyosk One nicht gezahlt?"

„Das ist eine gute Frage! Werde ich nochmals prüfen. Aber nein, ich rufe an aus einem anderen Grund. Ihr hattet die große Wohnung."

Paolo tat geheimnisvoll. Stefanie atmete etwas geräuschvoll in den Hörer. Eigentlich hatte sie wenig Zeit. Sie musste ihre Tochter aus der Kita abholen und war eh schon spät dran.

„Ich will es kurz machen. In der Wohnung hing ein Bild, direkt am Eingang. Ein Bild von Venedig. Es war signiert und für mich wichtig. Das Bild ist weg und stattdessen ist dort jetzt ein gemaltes. Es ist ebenfalls signiert. Die Schrift sieht ein wenig kindlich aus, wenn du verstehst, was ich meine. Schaut aus wie ein M und ein R. Habt ihr, hat euer Kind vielleicht?"

Stefanie erschrak. Sie wurde plötzlich nervös.

„Paolo, ich schaue nach und melde mich."

„Ja, bitte. Bitte schau nach und sage Bescheid. Wenn ich nichts höre muss ich zur Polizei gehen."

„Keine Polizei, ich… Ich melde mich bestimmt."

Stefanie legte auf. Nervös legte sie das Telefon auf den Tisch und stürmte in das Zimmer ihrer Tochter. Sie suchte den Rucksack, den mit dem bunten Einhorn darauf. Den hatten sie mitgenommen nach Italien. In ihm waren die Stifte, Blätter und ein Malbuch.

In der Ecke ihres Zimmers fand sie den Rucksack. Er lag unter den Stofftieren. Stefanie nahm ihn und öffnete den Reisverschluss. Stifte, Blätter, das Malbuch sowie diese Zeichnung von Venedig waren darin. Sie sank zusammen. Übelkeit stieg in ihr auf. Ihr Herz pochte.

Kurz darauf drückte sie die Wahlwiederholung auf ihrem Telefon. Nach dem dritten Freizeichen wurde abgehoben.

„Paolo? Ich bin es Stefanie."

„Oh. Ciao. Das ging schnell."

Es war einen Moment still in der Leitung. Nur das Atmen von Stefanie war zu hören.

„Ich habe bei meiner Tochter in den Malsachen geschaut. Sie hat wohl aus Versehen das Bild aus der Wohnung mitgenommen."

Wieder war es still. Diesmal hörte man das Atmen von Paolo.

„Aus Versehen? Wie geht „aus Versehen"? Das kenn ich nicht."

Stefanie versuchte zu erklären, fand aber keine Worte.

„Wenn ich das „aus Versehen" mitgenommene Bild innerhalb der nächsten Tage wiederbekomme, werde ich nicht zur Polizei gehen. Sagen wir eine Woche. Nein, sagen wir zwei. Die italienische Post ist seltsam. Sollte es nicht hier in der Villa Rosa ankommen, werden ich alles an die Polizei weitergeben und dann werden die das „aus Versehen" aufklären."

Paolo legte ohne ein weiteres Wort an Stefanie auf. Kopfschüttelnd verließ er sein Büro und trat auf den Parkplatz.

„Versehen! Ein komisches Wort."

Die Sonne blendete ihn. Er kneifte die Augen zusammen und blickte über den Parkplatz. Am oberen Ende stand ein alter Mann mit grauen Haaren und einem verschmitzten Lächeln und winkte ihm zu. Paolo winkte zurück. Die Sonne blendete und er schloss die Augen. Als er sie wieder öffnete, war der alte Mann weg.

Eigentlich das ENDE, oder doch nicht…?

In Gedenken an

Luigi „Gino" Bertamè

1938 - 2024

Ah che bello *Lago di Garda*

Er wird das Sprachrohr der Herzen genannt.
Auf seinem Fahrrad, zeigt er uns den See.
Ich kann den Sommer, echt kaum noch erwarten,
auf Paolo und Familie Bertamè.
Denn am Lago, fühlt man sich Zuhause.
Mit Oliven und guten Wein.
Und dann ein Cocktail am Kyoskone.
Ich will da ganz ganz schnell wieder sein.

Ah che bello. Ah che bello Lago di Garda.
Denn wer einmal diese Schönheit gesehen hat,
wird es für immer versteh'n.
Ah che bello. Ah che bello Lago di Garda.
Denn mit Cuore, Speranza und Amore,
werden wir uns wiedersehen.

Ja ja der Sommer rückt jetzt näher.
Villa Rosa. Zimmer letztes Jahr schon gebucht.
Die kleinen Gassen der Liebe,
ja danach habe ich schon so lange gesucht.
Paolo sagt, er könnte Tränen für Freude,
man will da schnell wieder sein.
Limoncello von Morelli und von Vincenzi den besten Wein.

Ah che bello. Ah che bello Lago di Garda.
Denn wer einmal diese Schönheit gesehen hat,
wird es für immer versteh'n.
Ah che bello. Ah che bello Lago di Garda.
Denn mit Cuore, Speranza und Amore,
werden wir uns wiedersehen.

Ich kann es kaum noch erwarten
durch Bardolino zu gehen
Wir mit'm Boot übern See
Am Monte Baldo liegt noch Schnee, oh ja

Musik: Norman Keil Text: Ingolf Keil

Danke

Mal wieder habt ihr es bis Seite 259 geschafft. Ich freue mich sehr, dass ihr auch diesmal wieder bis zum Ende durchgehalten habt. Jedem einzelnen auch dieses Mal ein dickes Dankeschön für euer Vertrauen. Ihr macht diese Reise immer wieder zu etwas Besonderem, wenn ihr mich immer wieder dazu inspiriert und ermutigt, noch ein weiteres Buch zu schreiben. Mir bleibt wieder nur einmal von ganzem Herzen zu sagen „Grazie di cuore amici".

Besonders danken möchte ich gerne:

Meinen ehrenamtlichen Hobbylektoren, Irina Decker und Simone Bottling, die mich hier wieder tatkräftig unterstützt haben und alles ins richtige Licht gerückt haben. Einen besonderen Dank auch an Paolo Bertamè und seine Villa Rosa, die wieder einmal herhalten mussten. Du und deine ganze Familie seid einfach fantastico. Grazie di cuore amico. Danke auch an Ingolf und Norman Keil, dass ich beide wieder in die Geschichte einbinden durfte. Und auch ein Dankeschön an Claudia Seufert. Auch Sie ist wieder ein kleiner Teil dieser Geschichte. Genauso wie Silke und Uwe Kochhan, die ich dieses Mal ebenfalls einbinden durfte. Und dann ist da noch Katharina Knall, danke für die Inspiration! Alle anderen im Buch genannten Personen sind natürlich, wie immer frei erfunden. Sollte sich doch jemand in einer Person erkennen, so war es einfach nur Zufall.

Ebenfalls von Paolo Botti bei BOD erschienen:

Paolo Botti
Vinceremo

ISBN: 978-3753498515

Paolo Botti
Io ci credo

ISBN: 978-3755799597

Paolo Botti
Speranza

ISBN: 978-3751981583

Paolo Botti
Andrà Tutto Bene

ISBN: 978-3758388255